तवायफ़ ए कलिमा

श्लोक कुमार

इस किताब को लिखने का उद्देश्य यह हैं की लोगो के जीवन में रंज का किनारा इस कदर सराय बना लिया हैं की उनके हयात से जाने को नहीं , मगर मुझे यकींन हैं की मेरी किताब " तवायफ ए कलिमा " उनके हयात में उल्लास लाने का काज करेगा और उन्हें प्रेम के प्रति सच्ची निष्ठा और गहरा प्रेम करने की कला को सिखाएगा और उन्हें प्रेम रुपी सागर में डूबोकर संसार के फरेब से विरक्त करेगा । इसको लिखने में शब्दों को ढूँढने की आवश्यकता नहीं पड़ी यह एक भावना हैं जो दिल की गहराई से निकली हुई हैं जिसे मैंने एक-एक शब्दों को समेट कर पुस्तक में बदल दिया हैं ।

" सब कुछ हमारे सोचने के मुताबिक़ से हो यह जरुरी तो नहीं कुछ वक़्त और खुद के कर्मो पर भी छोड़ देना चाहिए ,इंसान अपने बीते हुए कल को जख्मो की तरह चाटता हैं " और हमेशा ख़ुशी के पल जीवन में आये यह जरुरी तो नहीं कुछ जख्मो और दुखो को भी गले लगाना चाहिए। उम्मीद हैं की यह किताब आपको पसंद आई होगी और जाते -जाते कहूँगा की मैं फिर आऊंगा अपनी नयी किताब के साथ आपको कुछ नया सिखाने और प्रेम की अहमियत बताने।

~ श्लोक कुमार

क्रम-सूची

प्रस्तावना

श्लोक कुमार

श्लोक कुमार का जन्म मिर्ज़ापुर जिले के चड़रहा गाँव में हुआ इनके माता पिता गाँव में रहते हैं और इनकी प्रारम्भिक शिक्षा गाँव से ही सम्पन्न हुई इनके माता का नाम राजकुमारी देवी हैं व इनके पिता का नाम चन्द्रशेखर हैं इनके पिता एक प्रवक्ता हैं व माता पंचायत विभाग में सफाईकर्मी हैं इन्होने अपनी दसवी की पढ़ाई मिर्ज़ापुर जिले के श्री राम पब्लिक स्कूल से प्रथम श्रेणी के साथ उत्तीर्ण किया व बारहवी भी मिर्ज़ापुर जिले के राजस्थान इंटर कॉलेज से प्रथम श्रेणी के साथ उत्तीर्ण किया । उसके पश्चात् इन्होने कई केंद्रीय विश्वविद्यालय का परीक्षा दिया जिसमे इन्होने सफलता प्राप्त किया जिनमे से कुछ चर्चित विश्वविद्यालय हैं इलाहबाद विश्वविद्यालय , दिल्ली विश्वविद्यालय , लखनऊ विश्वविद्यालय , राजस्थान विश्वविद्यालय , काशी हिन्दू विश्वविद्यालय, गुरु घासीदास विश्वविद्यालय ऐसे कई सारे संस्थानों में इन्होने सफलता प्राप्त किया । इन्होने अन्य परिक्षाए भी उत्तीर्ण किया जैसे जनरल नर्सिंग और मिडवाइफरी (NTSE) , पॉलिटेक्निक (POLYTECHNIC) , इंजीनियरिंग और ग्रामीण प्रौद्योगिकी (IERT) जैसी परीक्षाएं भी उत्तीर्ण कीं, साथ ही राष्ट्रीय प्रतिभा खोज परीक्षा (NTSE) एवं कॉमन यूनिवर्सिटी एंट्रेंस टेस्ट (CUET) भी उत्तीर्ण किया जिनमे ये अंग्रेजी साहित्य में प्रथम आये। अंततः, उन्होंने इलाहाबाद विश्वविद्यालय में प्रवेश लिया, जिसे पूर्व का ऑक्सफोर्ड भी कहा जाता है। वर्तमान में, श्लोक कुमार इलाहाबाद विश्वविद्यालय में तृतीय वर्ष के छात्र हैं। इनकी पहली पुस्तक का शीर्षक " हाशिये पर मुसहर " हैं जो दलित और जातिवाद पर आधारित हैं इस किताब ने इनके जीवन की क़ैफ़ियत को बदला और कई पुरस्कारों से खुद को सुशोभित किया जिनमे से इन्होने एशिया बुक ऑफ़

रिकॉर्ड , दिल्ली बुक ऑफ़ रिकॉर्ड. बिहार बुक ऑफ़ रिकॉर्ड , इंडिया बुक ऑफ़ रिकॉर्ड , वर्ल्ड वाइड बुक ऑफ़ रिकॉर्ड विक्की कुमार को पीछे कर अपने नाम सबसे कम उम्र के लेखक का खिताब नाम किया जिन्होंने दलित और जातिवाद पर किताब लिखी । इनकी लघु कथा "जल" एक लाख प्रतिभागियों में इनका दूसरा स्थान रहा और साथ ही साथ वोमन हुड एफेस्ट अंतर्राष्ट्रीय कविता प्रतियोगिता में "अ"(A) श्रेणी के साथ प्रथम स्थान प्राप्त किया, इनकी पहली पुस्तक का शीर्षक हैं " हाशिये पर मुसहर" व दूसरी पुस्तक का शीर्षक "मन्नत ए अल्फ़ाज" हैं एवं तीसरी पुस्तक का शीर्षक " बिगनिंग द लव (Beginning the love , The poetry of Heartbreak) हैं । कई प्रसिद्ध समाचार पत्रों जैसे जेजे न्यूज पेपर, उजाला शिखर, मिर्जापुर न्यूज, प्रयागराज न्यूज आदि के लिए लेख लिखते हैं। कुछ प्रसिद्ध मासिक साहित्यिक पत्रिकाएं जिनमें उनकी कविताएं प्रकाशित हुई हैं: प्रवक्ता, अनहद कृति , साहित्य आज कल, नव उदय, कविशाला, अमर उजाला, माई पोएटिक साइड, हैलो पोएट्री, पोएट्री सूप, पोएम हंटर, ऑल पोएट्री, सबमिटेबल। इन पत्रिकाओं और ऑनलाइन प्लेटफॉर्म ने उनकी कविता को व्यापक दर्शकों तक पहुंचाया और उन्हें पहचान दिलाई।

" सम्मान "राष्ट्रीय और अंतरराष्ट्रीय पुरस्कार"

इंडिया बुक ऑफ रिकॉर्ड. (जीता).

एशिया बुक ऑफ रिकॉर्ड. (जीता)

वर्ल्ड वाइड बुक ऑफ रिकॉर्ड. (जीता)

इंडिया वर्ल्ड रिकॉर्ड. (जीता)

बिहार बुक ऑफ रिकॉर्ड. (जीता)

दिल्ली बुक ऑफ रिकॉर्ड. (जीता)

जाकी बुक ऑफ रिकॉर्ड. (जीता)

युवा लेखक अवार्ड. (जीता)

गोल्डन बुक ऑफ रिकॉर्ड. (जीता)

फीनिक्स बुक ऑफ रिकॉर्ड. (जीता)

मैजिक बुक ऑफ रिकॉर्ड. (जीता)

हाई रेंज ऑफ वर्ल्ड रिकॉर्ड. (जीता)

अमेरिकन बुक ऑफ रिकॉर्ड. (जीता)

कलाम बुक ऑफ रिकॉर्ड. (जीता)

मार्वेलस बुक ऑफ रिकॉर्ड. (जीता)

एक्स्ट्रा आर्डिनरी वर्ल्ड रिकॉर्ड. (जीता)

"नॉमिनेट किया "(अंतरराष्ट्रीय पुरस्कार

यूथ आइकॉन ऑफ इंडिया

भारत यूथ अवार्ड

गिनीज वर्ल्ड रिकॉर्ड्स

एक्सीलेंस अवार्ड

1. तवायफ़

कुछ ताख की मजबूरी
तो, कुछ लाख की मजबूरी
कुछ छड़ और खनक जा
कुछ पल और सह ले तू इन रोब के उष्णता को
सुन ले ए नृत्यकार , कुछ न कहना रहजा सहन कर
संसार के आहट को
समाज के स्वरों की गूंजे गिनाती
मेरी समय को ,के देख यही बिसात तेरी
के तू लाख कर ले प्रयत्न
रहेगी एक साख नाच की पेरी
समझ ले मेरी बेकसी को
करदे त्याग अपने दूरियों को
कुछ छड़ और खनक जा
छोड़ ना देना मेरा साथ कही
इस बिड़ला पल के समय में
तोड़ दे हर बंधन संबंध
तू कुछ देर और खनक जा
पाज़ेब बनकर पैरो में संभल जा
तू खुद को एक बगैर समझ जा
कुछ छड़ तो और खनक जा
लेकर कलंक कृत सौम्य काया
कुछ छड़, कुछ तो कह जा

अपने यातना में तू बह जा
के पाज़ेब के घुंघरू बनकर
कुछ छड़ और खनक जा
रख ले मेरी उस शाश्वत को
दबे अपने आंच में
मैं हूं बेगैरत जाया
बनाले किंजडो से हिस्से
कुछ देर और खनक जा
खत्म हुई मेरी सब हया
अब नहीं कोई भरम
कागा भी कहे है तू एक नचनिया
बनकर हिज़ की सौगात
कुछ देर और खनक जा
समझ ले ए नचनिया रुपाकार
नही स्थान तेरा घुंघरू के उस पार
खुश रह तू अपने पाज़ेब के खनखनाहटो के खन में
नहीं है मुग्ध ये समाज तेरे पग घुंघरू कंकड़ में
कागा भी तुझे कराए स्मरण कोकिला के भांति
के अपने प्राणों के मोहताज़ बख्श खातिर
कुछ देर और थिरक जा
ओ पग घुंघरू,
कुछ छड़ और खनक जा
नही खनकी तो खत्म हो जाएगी
तेरे पग घुंघरू कंकड़
के,
सुन ले ओ नादान वारांगना
क्यों कर रही करबत पर सहनाई

कुछ देर और थिरक जा
अपने प्राणों का तो नहीं, कम से कम मालकिन के आबरू
का तो सोच जा
कुछ छड़ और खनक जा

" यह कविता एक गहन और दर्दनाक रचना है, जो एक नृत्यांगना के जीवन की वास्तविकता को दर्शाती है। कविता में कवि ने नृत्यांगना की मजबूरी, दर्द, और संघर्ष को व्यक्त किया है, जो समाज के दबाव और मजबूरी के कारण नृत्य करने के लिए मजबूर है। कविता एक अद्वितीय और गहन रचना है, जो नृत्यांगना के जीवन की वास्तविकता को दर्शाती है। कविता की भाषा और शैली अत्यधिक प्रभावशाली है, जो पाठक को गहराई से प्रभावित करती है। कविता का संदेश नृत्यांगना की गरिमा और सम्मान की मांग करना है, और समाज की जिम्मेदारी को दर्शाना है।

नृत्यांगना की मजबूरी:-

कविता में कवि ने नृत्यांगना की मजबूरी को दर्शाया है, जो अपने जीवन को संघर्षपूर्ण बनाने के लिए मजबूर है। नृत्यांगना को अपने परिवार की देखभाल करने और अपने जीवन को चलाने के लिए नृत्य करना पड़ता है, लेकिन समाज में उनकी स्थिति बहुत ही दयनीय है।

दर्द और संघर्ष:-

कविता में कवि ने नृत्यांगना के दर्द और संघर्ष को व्यक्त किया है, जो अपने जीवन को संघर्षपूर्ण बनाने के लिए मजबूर है। नृत्यांगना को समाज के दबाव और मजबूरी के कारण नृत्य करना पड़ता है, लेकिन वह अपने जीवन को बदलने के लिए संघर्ष करती है।

समाज की वास्तविकता:-

कविता में कवि ने समाज की वास्तविकता को दर्शाया है, जो नृत्यांगना को एक वस्तु के रूप में देखता है और उनके साथ दुर्व्यवहार करता है। समाज में नृत्यांगना की स्थिति बहुत ही दयनीय है, और उन्हें अपने अधिकारों के लिए संघर्ष करना पड़ता है।

नृत्यांगना की गरिमा:-

कविता में कवि ने नृत्यांगना की गरिमा और सम्मान की मांग की है, जो समाज में एक महत्वपूर्ण स्थान रखती है। नृत्यांगना को अपने अधिकारों के लिए संघर्ष करना पड़ता है, और समाज को उनकी गरिमा और सम्मान का ध्यान रखना चाहिए।

कविता का संदेश:-

कविता का संदेश इस प्रकार है:-
- नृत्यांगना की गरिमा और सम्मान: कविता में कवि ने नृत्यांगना की गरिमा और सम्मान की मांग की है, जो

समाज में एक महत्वपूर्ण स्थान रखती है।

- **समाज की जिम्मेदारी:** कविता में कवि ने समाज की जिम्मेदारी को दर्शाया है, जो नृत्यांगना के साथ दुर्व्यवहार करने के बजाय उनके अधिकारों की रक्षा करनी चाहिए।

- **नृत्यांगना का संघर्ष:** कविता में कवि ने नृत्यांगना के संघर्ष को व्यक्त किया है, जो अपने जीवन को संघर्षपूर्ण बनाने के लिए मजबूर है।

कविता में कई कठिन शब्दों का उपयोग किया गया है, जिनका अर्थ और व्याख्या निम्नलिखित है:

1. *ताख:* ताख का अर्थ है समय या अवसर। यह शब्द समय की महत्ता को दर्शाने के लिए उपयोग किया जाता है।

2. *लाख:* लाख का अर्थ है एक प्रकार की मजबूरी या आवश्यकता। यह शब्द उन स्थितियों के लिए उपयोग किया जाता है जहां कोई विकल्प नहीं होता है।

3. *छड़:* छड़ का अर्थ है थोड़ा समय या क्षण। यह शब्द समय की अल्पता को दर्शाने के लिए उपयोग किया जाता है।

4. *खनक:* खनक का अर्थ है घुंघरू की आवाज या नृत्य की गति। यह शब्द नृत्य की सुंदरता और गति को दर्शाने के लिए उपयोग किया जाता है।

5. *रोब:* रोब का अर्थ है गरिमा या प्रभाव। यह शब्द किसी व्यक्ति की गरिमा या प्रभाव को दर्शाने के लिए उपयोग किया जाता है।

6. उष्णता: उष्णता का अर्थ है गर्मी या जोश। यह शब्द भावनाओं की तीव्रता को दर्शाने के लिए उपयोग किया जाता है।

7. आहट: आहट का अर्थ है आवाज या ध्वनि। यह शब्द किसी भी प्रकार की आवाज या ध्वनि को दर्शाने के लिए उपयोग किया जाता है।

8. बिसात: बिसात का अर्थ है स्थिति या परिस्थिति। यह शब्द किसी व्यक्ति की स्थिति या परिस्थिति को दर्शाने के लिए उपयोग किया जाता है।

9. साख: साख का अर्थ है प्रतिष्ठा या सम्मान। यह शब्द किसी व्यक्ति की प्रतिष्ठा या सम्मान को दर्शाने के लिए उपयोग किया जाता है।

10. बेकसी: बेकसी का अर्थ है असहाय या मजबूर स्थिति। यह शब्द उन स्थितियों के लिए उपयोग किया जाता है जहां कोई व्यक्ति असहाय या मजबूर होता है।

11. पाज़ेब: पाज़ेब का अर्थ है घुंघरू या नृत्य के लिए उपयोग किया जाने वाला एक प्रकार का गहना। यह शब्द नृत्य की सुंदरता और आकर्षण को दर्शाने के लिए उपयोग किया जाता है।

12. कलंक: कलंक का अर्थ है बदनामी या अपमान। यह शब्द किसी व्यक्ति की बदनामी या अपमान को दर्शाने के लिए उपयोग किया जाता है।

13. कृत: कृत का अर्थ है किया हुआ या निर्मित। यह शब्द किसी कार्य के पूरा होने या निर्माण को दर्शाने के लिए उपयोग किया जाता है।

14. सौम्य: सौम्य का अर्थ है शांत या सौम्य स्वभाव। यह शब्द किसी व्यक्ति के शांत और सौम्य स्वभाव को दर्शाने

के लिए उपयोग किया जाता है।

15. यातना: यातना का अर्थ है दर्द या पीड़ा। यह शब्द किसी व्यक्ति के दर्द या पीड़ा को दर्शाने के लिए उपयोग किया जाता है।

16. शाश्वत: शाश्वत का अर्थ है स्थायी या अनंत। यह शब्द किसी चीज़ की स्थायित्व या अनंतता को दर्शाने के लिए उपयोग किया जाता है।

17. बेगैरत: बेगैरत का अर्थ है बेशर्म या निर्लज्ज। यह शब्द किसी व्यक्ति के बेशर्म या निर्लज्ज व्यवहार को दर्शाने के लिए उपयोग किया जाता है।

18. हया: हया का अर्थ है लाज या संकोच। यह शब्द किसी व्यक्ति के लाज या संकोच को दर्शाने के लिए उपयोग किया जाता है।

19. भरम: भरम का अर्थ है भ्रम या संदेह। यह शब्द किसी व्यक्ति के भ्रम या संदेह को दर्शाने के लिए उपयोग किया जाता है।

20. नचनिया: नचनिया का अर्थ है नृत्यांगना या नर्तकी। यह शब्द नृत्य की सुंदरता और आकर्षण को दर्शाने के लिए उपयोग किया जाता है।

21. हिज्र: हिज्र का अर्थ है वियोग या अलगाव। यह शब्द किसी व्यक्ति के वियोग या अलगाव को दर्शाने के लिए उपयोग किया जाता है।

22. सौगात: सौगात का अर्थ है उपहार या भेंट। यह शब्द किसी व्यक्ति को दिए गए उपहार या भेंट को दर्शाने के लिए उपयोग किया जाता है।

23. मुग्ध: मुग्ध का अर्थ है आकर्षित या मोहित। यह शब्द किसी व्यक्ति के आकर्षण या मोहित होने को दर्शाने

के लिए उपयोग किया जाता है।

24. मोहताज़: मोहताज़ का अर्थ है निर्भर या आश्रित। यह शब्द किसी व्यक्ति की निर्भरता या आश्रितता को दर्शाने के लिए उपयोग किया जाता है।

25. वारांगना:वारांगना का अर्थ है वेश्या या नृत्यांगना। यह शब्द नृत्य की सुंदरता और आकर्षण को दर्शाने के लिए उपयोग किया जाता है, लेकिन इसका अर्थ वेश्या भी हो सकता है।

26. करबत: करबत का अर्थ है कटाई या विनाश। यह शब्द किसी चीज़ के विनाश या कटाई को दर्शाने के लिए उपयोग किया जाता है।

27. सहनाई: सहनाई का अर्थ है सहन करने की क्षमता या धैर्य। यह शब्द किसी व्यक्ति की सहनशक्ति और धैर्य को दर्शाने के लिए उपयोग किया जाता है।

कविता में शब्दों का उपयोग

कविता में इन शब्दों का उपयोग करके कवि ने नृत्यांगना की स्थिति को दर्शाया है। कविता में शब्दों का चयन बहुत ही सोच-समझकर किया गया है, जो कविता को और भी प्रभावशाली बनाता है।

कविता में कई सुंदर और अर्थपूर्ण पंक्तियाँ हैं, जिनमें से कुछ सबसे अच्छी पंक्तियाँ और उनकी विस्तृत व्याख्या निम्नलिखित है:

1. "कुछ ताख की मजबूरी तो, कुछ लाख की मजबूरी"

इस पंक्ति में कवि कह रहा है कि कुछ समय की मजबूरी है, और कुछ आवश्यकता की मजबूरी है। यहाँ कवि जीवन की विभिन्न परिस्थितियों और मजबूरियों को दर्शाने के लिए कह रहा है।

2. "सुन ले ए नृत्यकार , कुछ न कहना रहजा सहन कर संसार के आहट को"

इस पंक्ति में कवि नृत्यकार से कह रहा है कि संसार की आवाज़ों को सुनने और सहन करने के लिए कह रहा है। यहाँ कवि जीवन की चुनौतियों और प्रतिकूल परिस्थितियों को दर्शाने के लिए कह रहा है।

3. "के देख यही बिसात तेरी के तू लाख कर ले प्रयत्न रहेगी एक साख"

इस पंक्ति में कवि कह रहा है कि तुम्हारी स्थिति ऐसी है कि तुम लाख कोशिशें करो, लेकिन परिणाम एक ही होगा। यहाँ कवि जीवन की अनिश्चितता और परिणाम की अनिवार्यता को दर्शाने के लिए कह रहा है।

4. "करदे त्याग अपने दूरियों को कुछ छड़ और खनक जा छोड़ ना देना मेरा साथ"

इस पंक्ति में कवि कह रहा है कि अपने दूरियों को त्याग दो और कुछ समय के लिए मेरे साथ रहने के लिए कह रहा है। यहाँ कवि प्रेम और साथ की भावना को दर्शाने के लिए कह रहा है।

5. "पाज़ेब बनकर पैरो में संभल जा तू खुद को एक बगैर समझ जा"

इस पंक्ति में कवि कह रहा है कि पाज़ेब बनकर अपने आप को संभाल लो और समझ जाओ। यहाँ कवि जीवन की वास्तविकता और स्वयं की पहचान को दर्शाने के लिए

कह रहा है।

6. "रख ले मेरी उस शाश्वत को दबे अपने आंच में"
इस पंक्ति में कवि कह रहा है कि मेरी शाश्वत भावना को अपने आंच में दबा लो। यहाँ कवि प्रेम और साथ की भावना को दर्शाने के लिए कह रहा है।

7. "ओ नादान वारांगना क्यों कर रही करबत पर सहनाई"
इस पंक्ति में कवि कह रहा है कि हे अज्ञानी वारांगना, तुम सहनाई पर क्यों नृत्य कर रही हो? यहाँ कवि जीवन की वास्तविकता और स्वयं की पहचान को दर्शाने के लिए कह रहा है।

2. आंसू

तसव्वुर सा सराय मेरा बना कब्र

अश्क बन गए बरखा

उर की बेकरारी बना टेक

ये बिनाई भी परवश बिन तुम्हारे

अश्क से व्रण को भर रहा

देखकर तुम्हे यू निष्प्राण

ख़ुद का वजूद ख़त्म कर रहा

समंदर सूखा , अश्क भी सूख गए

न जाने कैसी इश्क लगाई

हर लफ्ज़ में तुम्हारे वियोग ही आई

ऊषा तम सा लग रहा हैं

कालिख बनी हया मेरी

अहोरात्र पहर लग रहा हैं

तुम्हारी तसव्वुर मेरे उर को विरान बना रही

तुम्हारी मुहब्बत को गाफिल सा बता रही

पद के आबला अब फूट रहे

मगर यातना का एहसास नहीं

अश्क तब्दील होते शोणित के झीलों में

कही ये तसव्वुर,ये यातना जुदा न हो जाए

कुछ दूर मीलों में

तुम जुदा हो गई हो मगर , तुम्हारी यादें अब भी मुझे

इन आबला से अधिक यातना दे रहे हैं

बताकर मुहब्बत का मरहम
अश्क बन नयन में सराय बना रहे है
ये कैसी यातना है मीठी एहसास
कुटिल बोल, सब ज़ख्म कुरेद रहे
अब बस कर अश्क का मंजर
सुनने को उर राजी नहीं
हार गया मैं खुद ही,
कोई और ताश के पत्ते में बाजी नही

कविता की शुरुआत:-

कविता की शुरुआत में कवि ने प्रेमी के दर्द को व्यक्त किया है, जो अपने प्रेमिका से अलग होने के बाद अत्यधिक पीड़ा में है। कवि ने लिखा है:
"तसव्वुर सा सराय मेंरा बना कब्र
अश्क बन गए बरखा उर की बेकरारी बना"
इन पंक्तियों में कवि ने प्रेमी के दर्द को व्यक्त किया है, जो अपने प्रेमिका से अलग होने के बाद अत्यधिक पीड़ा में है। कवि ने प्रेमी के दर्द को एक कब्र के रूप में दर्शाया है,

कविता का मध्य:-

कविता के मध्य में कवि ने प्रेमी के विरह की भावना को व्यक्त किया है। कवि ने लिखा है:
"तुम्हारी तसव्वुर मेरे उर को विरान बना रही
तुम्हारी मुहब्बत को गाफिल सा बता रही"

इन पंक्तियों में कवि ने प्रेमी के विरह की भावना को व्यक्त किया है, जो अपने प्रेमिका से अलग होने के बाद अत्यधिक पीड़ा एवं सदमें में है। कवि ने प्रेमी के विरह की भावना को एक विरान के रूप में दर्शाया है, जो प्रेमी के दर्द की गहराई को दर्शाता है।

कविता का अंत:-

कविता के अंत में कवि ने प्रेमी के दर्द को व्यक्त किया है, जो अपने प्रेमिका से अलग होने के बाद अत्यधिक पीड़ा में है और खुद की अस्तित्व को खुद में तलाश रहा हैं और वह अब मरने की स्थिति में हैं और इस अंतिम छण में उसकी आखिरी इच्छा है की उसे स्वीकार कर लो और प्रेम रुपी समंदर में डूबोकर उसे तृप्त कर दो। कवि ने लिखा है:

"अब बस कर अश्क का मंजर सुनने को उर राजी नहीं
हार गया मैं खुद ही, कोई और ताश के पत्ते में बाजी नही"
कविता एक अद्विवतीय और गहन रचना है, जो प्रेम की पीड़ा और वियोग की यातना को दर्शाती है। कविता में कवि ने प्रेमी के दर्द और विरह की भावना को व्यक्त किया है, जो अपने प्रेमिका से विरह होने के पश्चात जो आशाए और भावनाए उसके उर में उसके प्रति उठ रहे है ,वह इस भावनाओं को प्यार नहीं पीड़ा के समान बता रहा है। कविता की विशेषताएं और संदेश इसे एक प्रभावशाली और यादगार रचना बनाते हैं।

कविता में कई कठिन शब्दों का उपयोग किया गया है, जिनका अर्थ और विस्तृत व्याख्या इस प्रकार है:

1. तसव्वुर: कल्पना, विचार, धारणा
- विस्तृत व्याख्या: तसव्वुर का अर्थ है कल्पना या विचार करना। कविता में कवि ने प्रेमिका के तसव्वुर को एक सराय के रूप में दर्शाया है, जो प्रेमी के दर्द और विरह की भावना को दर्शाता है।

2. अश्क: आंसू, अश्रु
- विस्तृत व्याख्या: अश्क का अर्थ है आंसू या अश्रु। कविता में कवि ने अश्क को एक प्रतीक के रूप में उपयोग किया है, जो प्रेमी के दर्द और दुख को दर्शाता है।

3. बेकरारी: बेकार, व्यर्थ, असहाय
- विस्तृत व्याख्या: बेकरारी का अर्थ है बेकार या व्यर्थ होना। कविता में कवि ने बेकरारी को एक भावना के रूप में दर्शाया है, जो प्रेमी के विरह की भावना को दर्शाता है।

4. व्रण: घाव, जख्म, चोट
- विस्तृत व्याख्या: व्रण का अर्थ है घाव या जख्म। कविता में कवि ने व्रण को एक प्रतीक के रूप में उपयोग किया है, जो प्रेमी के दर्द और दुख को दर्शाता है।

5. निष्प्राण: प्राणहीन, मृत, निर्जीव
- विस्तृत व्याख्या: निष्प्राण का अर्थ है प्राणहीन या मृत होना। कविता में कवि ने निष्प्राण को एक भावना के रूप में दर्शाया है,

6. वजूद: अस्तित्व, सत्ता, पहचान
- विस्तृत व्याख्या: वजूद का अर्थ है अस्तित्व या सत्ता। कविता में कवि ने वजूद को एक प्रतीक के रूप में उपयोग

किया है, जो प्रेमी के अस्तित्व और पहचान को दर्शाता है।

7. गाफिल: बेपरवाह, असावधान, लापरवाह

- विस्तृत व्याख्या: गाफिल का अर्थ है बेपरवाह या असावधान होना। कविता में कवि ने गाफिल को एक भावना के रूप में दर्शाया है, जो प्रेमी के दर्द और विरह की भावना को दर्शाता है जिससे यह कविता को इसके भावनाओं द्वारा विशेष बनाता हैं।

8. आबला: आंसू, अश्रु, दर्द

- विस्तृत व्याख्या: आबला का अर्थ है आंसू या अश्रु। कविता में कवि ने आबला को एक प्रतीक के रूप में उपयोग किया है, जो प्रेमी के दर्द और दुख को दर्शाता है।

9. शोणित: रक्त, खून, जीवन

- विस्तृत व्याख्या: शोणित का अर्थ है रक्त या खून। कविता में कवि ने शोणित को एक प्रतीक के रूप में उपयोग किया है, जो प्रेमी के जीवन और अस्तित्व को दर्शाता है।

10. कुटिल: टेढ़ा, कुटिल, कपटी

- विस्तृत व्याख्या: कुटिल का अर्थ है टेढ़ा या कपटी होना। कविता में कवि ने कुटिल को एक भावना के रूप में दर्शाया है, जो प्रेमी के दर्द की भावना को दर्शाता है।

कविता का महत्व

कविता एक महत्वपूर्ण रचना है, जो प्रेम की पीड़ा और वियोग की यातना को दर्शाती है। कविता में कवि ने प्रेमी के दर्द और विरह की भावना को बहुत ही गहराई से व्यक्त किया है जिस दशा में वह अपनी वर्तमान दुःख से

भरी जीवन को व्यतीत कर रहा हैं उस स्थति को उसने बहुत ही कुटिल और जटिल बताया हैं और इस जीवन की तुलना निरर्थक आंसू और संसार की अभिलाषाओ से किया हैं , जो पाठकों को प्रभावित कर जीवन की कुछ महत्वपूर्ण पहलुओ का हल और उससे लड़ने की कला को सिखा सकती हैं और कडवे सच और फरेब स्नेह का दीदार करा सकती है।

3. मुर्दे की ख्वाहिश

इस तरह शमित मनोदशा में क्यों सोये हो
आखिरी तलब तो बताओ , कुछ तो कहो
क्या खत्म हो गई तुम्हारी स्मृति शक्ति
ओ मेरे गुमनाम निष्प्राण
क्या खत्म हो गई तुम्हारे कराबत की डोर
लेके आये मरघट तुमको हो गए भोर , कुछ तो कहो
इस तरह खिन्न क्यों हो इस अभिशिप्त मरघट में
तुम्हारी इस शांत दशा से मैं हो रहा उद्विग्न क्यों हो ऐसे,
कुछ तो कहो
क्या तुम इस चार स्कंध के ही प्यासे थे
क्या तुम इस मरघट के ही लोभी थे, कुछ तो कहो
कुछ छड के लिए लांघ कर स्वर्ग की चौखट को अपनी
इच्छाओं का जिक्रे खैर तो करो
, कुछ तो कहो
अरे, इस तरह तुम खफा रहोगे हमसे तो मृदुला धाराओं से
तो कहो , कुछ तो कहो
त्याग इस मर्त्यलोक को अपने मरघट की
वस्फ तो कहो , कुछ तो कहो
कहते हैं , मुर्दे बोला नही करते हैं पर ऐसा नहीं हैं
ओ सौम्य चक्षु , ओ दुःखद काया कुछ तो कहती हैं
पल पर्ल सिर्फ लौटने को कहती हैं
पर सोच ना जाने क्या रुकने को कहती हैं ,

कुछ तो कहो
क्यों राह देखते तुम पड़े उस आवाहन के लिए
क्यों तुमने अपने प्राण दिए उस निरर्थक मुखाग्नि के लिए
,
कुछ तो कहो
इतनी भी कड़वाहट मत कर उद्भूत , ओ मेरे छड़िक राही
लौट चल मायानगरी बनकर मरघट का राई
कुछ ही छड़ के लिए पूछ ले मुर्दे की ख्वाहिश ओ धारा
दुर्दिन
इतनी भी शीघ्रता क्यों हैं, ले ले मृतचैल रंगीन
क्यों तू लिए मृतदेह काया जलती चमड़ी गिन - गिन
कुछ तो कहो

कविता का विश्लेषण :-

कविता की शुरुआत में कवि अपने प्रिय से पूछता है कि वे
इस तरह की उदासीन अवस्था में क्यों हैं। कवि जानना
चाहता है कि उनके प्रिय की स्मृति शक्ति समाप्त हो गई
है या नहीं। कवि के शब्दों में एक गहरी चिंता और
संवेदना है।
कविता में कवि ने "मरघट" (श्मशान) और "मृतदेह काया"
(मृत शरीर) जैसे शब्दों का उपयोग करके मृत्यु और
विनाश की भावना को व्यक्त किया है। कवि के अनुसार,
प्रिय की उदासीनता और शांति कवि को परेशान कर रही
है।
कविता में कवि ने अपने प्रिय से कई प्रश्न पूछे हैं, जैसे
कि क्या वे इस जीवन के प्रति आसक्त थे या क्या वे

मृत्यु के बाद की स्थिति में जाने के लिए तैयार थे। कवि के प्रश्नों में एक गहरी जिज्ञासा और संवेदना है।

कविता के मुख्य बिंदु :-

कविता के मुख्य बिंदु इस प्रकार हैं:
- प्रेम और विरह: कविता में कवि ने अपने प्रिय के प्रति गहरी संवेदनाएं और प्रश्न व्यक्त किए हैं।
- जीवन की सार्थकता: कविता में कवि ने जीवन की सार्थकता और प्रेम के महत्व को उजागर किया है।
- मृत्यु और विनाश: कविता में कवि ने मृत्यु और विनाश की भावना को व्यक्त किया है।

कविता का संदेश

कविता का संदेश यह है कि जीवन में प्रेम और संबंधों का महत्व है। कवि अपने प्रिय से कह रहा है कि वे अपनी भावनाएं साझा करें और जीवन को पूरी तरह से जीने का प्रयास करें। कविता में यह भी कहा गया है कि मृत्यु के बाद भी प्रेम और भावनाएं बनी रहती हैं।

कविता की विशेषताएं

कविता की कुछ विशेषताएं इस प्रकार हैं:
- भावनात्मक गहराई: कविता में कवि ने अपनी भावनाओं को गहराई से व्यक्त किया है।
- प्रतीकात्मक भाषा: कविता में कवि ने विभिन्न प्रतीकों

और बिम्बों का उपयोग करके अपनी भावनाओं को व्यक्त किया है।

- जीवन की सार्थकता: कविता में कवि ने जीवन की सार्थकता और कुटिलता और बहुपक्षता प्रेम के महत्व को उजागर किया है।

कविता में कुछ कठिन शब्दों का अर्थ इस प्रकार है:-

1. शमित: शांत या नियंत्रित। यहाँ पर कवि प्रिय की शांत मनोदशा का वर्णन कर रहा है।

2. निष्प्राण: जीवन या ऊर्जा से रहित। कवि प्रिय को निष्प्राण कहकर उनकी उदासीनता और जीवनशक्ति की कमी को दर्शा रहा है।

3. कराबत: निकटता या संबंध। कवि प्रिय के साथ अपने संबंध की गहराई को दर्शा रहा है।

4. मरघट: श्मशान या मृत्यु का स्थान। कविता में मरघट का उपयोग मृत्यु और विनाश की भावना को व्यक्त करने के लिए किया गया है।

5. अभिशिप्त: श्रापित या दुर्भाग्यशाली। कवि प्रिय की स्थिति को अभिशिप्त कहकर उनकी दुर्भाग्यशाली स्थिति को दर्शा रहा है।

6. चार स्कंध: चार धातु (पृथ्वी, जल, अग्नि, वायु) या शरीर के चार भाग। कवि प्रिय की प्यास को चार स्कंध के प्रति दर्शा रहा है।

7. लोभी: लालची या आसक्त। कवि प्रिय को लोभी कहकर उनकी आसक्ति को दर्शा रहा है।

8. **मृदुला धाराओं:** कोमल या मधुर प्रवाह। कवि प्रिय से मृदुला धाराओं से बात करने का आग्रह कर रहा है।

9. **मर्त्यलोक:** मानव जगत या मृत्यु का स्थान। कवि प्रिय से मर्त्यलोक को त्यागने का आग्रह कर रहा है।

10. **वस्फ:** वासना या इच्छा। कवि प्रिय की वस्फ को दर्शा रहा है।

11. **सौम्य चक्षु:** शांत या सौम्य दृष्टि। कवि प्रिय की सौम्य दृष्टि का वर्णन कर रहा है।

12. **दुःखद काया:** दुःखी या पीड़ित शरीर। कवि प्रिय की दुःखद काया का वर्णन कर रहा है।

13. **आवाह्न:** बुलावा या आह्वान। कवि प्रिय से आवाह्न के लिए राह देखने का कारण पूछ रहा है।

14. **निरर्थक मुखाग्नि:** व्यर्थ या अर्थहीन आग। कवि प्रिय के प्राणों को निरर्थक मुखाग्नि के लिए देने का कारण पूछ रहा है।

15. **छड़िक राही:** यात्रा करने वाला या राहगीर। कवि प्रिय को छड़िक राही कहकर उनकी यात्रा को दर्शा रहा है।

16. **मायानगरी:** मोह या माया का शहर। कवि प्रिय को मायानगरी में लौटने का आग्रह कर रहा है।

17. **मृतचैल:** मृत्यु का संदेश या मृत्यु की सूचना। कवि प्रिय को मृतचैल का अर्थ पूछ रहा है।

18. **जलती चमड़ी:** जलती हुई त्वचा या जलन। कवि प्रिय की जलती चमड़ी का वर्णन कर रहा है।

इन शब्दों का उपयोग कविता में गहरी भावनात्मक और दार्शनिक अर्थ को व्यक्त करने के लिए किया गया है। कवि ने इन शब्दों के माध्यम से प्रिय की उदासीनता, मृत्यु और विनाश की भावना, और जीवन की सार्थकता को

दर्शाया है।

कविता की आलोचना इस प्रकार है:-

- जटिलता: कविता की जटिलता कुछ पाठकों के लिए इसे समझना मुश्किल बना सकती है।
- अस्पष्टता: कविता के कुछ हिस्से अस्पष्ट हो सकते हैं, जो पाठक को भ्रमित कर सकते हैं।

कविता में कई सुंदर और अर्थपूर्ण पंक्तियाँ हैं, जिनमें से कुछ सबसे अच्छी पंक्तियाँ और उनकी विस्तृत व्याख्या निम्नलिखित है:

1. "इस तरह शमित मनोदशा में क्यों सोये हो आखिरी तलब तो बताओ"

इस पंक्ति में कवि कह रहा है कि तुम इस तरह की मनोदशा में क्यों सो रहे हो? आखिरी बार बताओ कि तुम्हारी क्या इच्छा है? यहाँ कवि व्यक्ति की मनोदशा और उसकी इच्छाओं को समझने के लिए कह रहा है।

2. "क्या खत्म हो गई तुम्हारी स्मृति शक्ति ओ मेरे गुमनाम निष्प्राण"

इस पंक्ति में कवि कह रहा है कि क्या तुम्हारी स्मृति शक्ति समाप्त हो गई है? हे मेरे गुमनाम और निष्प्राण व्यक्ति, यहाँ कवि व्यक्ति की स्मृति और उसकी पहचान को दर्शाने के लिए कह रहा है।

3. "कुछ तो कहो इस तरह खिन्न क्यों हो इस अभिशिप्त मरघट में"

इस पंक्ति में कवि कह रहा है कि कुछ तो कहो, इस तरह खिन्न क्यों हो? इस अभिशिप्त मरघट में तुम्हारी स्थिति क्या है? यहाँ कवि व्यक्ति की भावनाओं और उसकी स्थिति को समझने के लिए कह रहा है।

4. "क्या तुम इस चार स्कंध के ही प्यासे थे क्या तुम इस मरघट के ही लोभी थे"

इस पंक्ति में कवि कह रहा है कि क्या तुम इस भौतिक जगत के ही प्यासे थे? क्या तुम इस मरघट के ही लोभी थे? यहाँ कवि व्यक्ति की इच्छाओं और उसकी महत्वाकांक्षाओं को दर्शाने के लिए कह रहा है।

5. "कहते हैं , मुर्दे बोला नही करते हैं पर ऐसा नहीं हैं ओ सौम्य चक्षु , ओ दुःखद काया"

इस पंक्ति में कवि कह रहा है कि लोग कहते हैं कि मुर्दे नहीं बोलते हैं, लेकिन यह सच नहीं है। सौम्य चक्षु और दुःखद काया, यहाँ कवि मृत्यु के बाद भी व्यक्ति की भावनाओं और विचारों को दर्शाने के लिए कह रहा है।

6. "कुछ तो कहती हैं पल पल सिर्फ लौटने को कहती हैं पर सोच ना जाने क्या रुकने को कहती हैं"

इस पंक्ति में कवि कह रहा है कि कुछ तो कहती हैं, पल-पल सिर्फ लौटने को कहती हैं, लेकिन सोच नहीं पाती कि क्यों रुकने को कहती हैं। यहाँ कवि व्यक्ति की भावनाओं और उसकी विचारों को दर्शाने के लिए कह रहा है।

4. साअत

ओ सोने से बनी बेशकीमती साअत
तू इतनी भी खास तो नही
समय का तनिक भी एहसास तो नही
तेरे समय के पन्ने कुछ दस्तुरे ए ख़ालिस तो नही
सिर्फ चढ़ी हैं जर की चरसा सा भ्रम
क्या हर समय , हर वक्त बदलते हैं तेरे सुई के क्रम
कांचन की तु सारंगी , मगर समय का आभास नहीं
हर कतरा बना कटीले का , मगर चांदी का लास नही
ओ सोने की साअत बता दे अपने संसारे कांचन की कथा
तेरे उस रंग , रूप पे हैं संसार को व्यथा
क्या तुझे भी लोग पहनते तुम्हारे चरसा की प्रपंच में
क्या तु भी बनी हैं आयस के समान रूपा से
नही इतनी बिसात अपनी के करे अलंकृत
मुख्तारे रुखसर में
हैं बड़ी दिलचस्प तेरी उस जर्रे के कहानी
मायानगरी या चांदी नही तेरे अफसानी
तेरी हश्रे समय , तेरी कांचन संसारी तुझे ही मुबारक
गलसुफ्रत मैं ठहरा
सुनता बनकर ताइर ए-खुश अल्हान चातक
हैं ये वक्त नामा तेरे कांचन अलीले का
मैं खुश अपने सिल्वरे साअत नीले का
ओ जर की महबूबा सुन ले अपने गुमान को

इतना भी क्यों हैं गुमान तुझे अपने चरसे के इतमान पर
माना तु कीमती , बेशकीमती
पर मुझसे अधिक पाख तो नही
इतनी भी तु खास तो नही
समय का तनिक भी एहसास तो नहीं
ओ सोने की महबूबा
बता दे अपने संसारे अजूबा
क्या वहां भी हैं समय का खेल
इहलोक जैसा अनमेल

कविता का विस्तृत विश्लेषण

" कविता एक अद्वितीय और गहन रचना है, जो समय और उसकी महत्ता को दर्शाती है। कविता में कवि ने समय को एक सोने की घड़ी के रूप में दर्शाया है, जो कीमती और बेशकीमती है, लेकिन समय का एहसास नहीं करती है। "

कविता की संरचना

" कविता की संरचना बहुत ही सुंदर और आकर्षक है। कविता में कई छंद हैं, और प्रत्येक छंद में कवि ने समय को एक नए दृष्टिकोण से देखा है। कविता की भाषा बहुत ही सुंदर और अर्थपूर्ण है, जो पाठकों को आकर्षित करती है। "

कविता का मुख्य विषय

" कविता का मुख्य विषय समय और उसकी महत्ता है। कवि ने समय को एक सोने की घड़ी के रूप में दर्शाया है, जो कीमती और बेशकीमती है, लेकिन समय का एहसास नहीं करती है। कविता में कवि ने यह भी बताया है कि समय का खेल इहलोक जैसा अनमेल है, और हमें समय का सम्मान करना चाहिए। "

कविता के प्रतीक

" कविता में कई प्रतीकों का उपयोग किया गया है, जैसे कि सोने की घड़ी, कांचन, चरसा, आदि। ये प्रतीक कविता को और भी अर्थपूर्ण और आकर्षक बनाते हैं। "

कविता का संदेश

" कविता का संदेश यह है कि समय कितना कीमती और बेशकीमती है, हमें समय का सम्मान करना चाहिए। कविता में कवि ने यह भी बताया है कि समय का खेल इहलोक जैसा अनमेल और सामान्य समय से भिन्न हैं अतैव हमें हमेशा उसकी महत्ता को समझना चाहिए , और हमें समय का एहसास करना चाहिए। "

कविता की विशेषताएं

1. *प्रतीकात्मक भाषा:* कविता में कवि ने कई प्रतीकों का उपयोग किया है, जैसे कि सोने की घड़ी, कांचन, चरसा, आदि।

2. *समय की महत्ता:* कविता में कवि ने समय की महत्ता को दर्शाया है, और यह बताया है कि समय कितना कीमती और बेशकीमती है।

3. *आलोचनात्मक दृष्टिकोण:* कविता में कवि ने समय को आलोचनात्मक दृष्टिकोण से देखा है, और यह बताया है कि समय स्वयं का एहसास नहीं करती है।

कविता का विश्लेषण

" कविता का विश्लेषण करने से हमें पता चलता है कि कवि ने समय को एक अद्वितीय और गहन दृष्टिकोण से देखा है। कविता में कवि ने समय की महत्ता को दर्शाया है और समय स्थिति और खुदको बहु पक्षता से दूर दर्शाती हैं ।

कविता की भाषा

" कविता की भाषा बहुत ही सुंदर और अर्थपूर्ण है। कवि ने कई प्रतीकों और अलंकारों का उपयोग किया है, जो कविता को और भी सुंदर बनाते हैं। "

कविता की गहराई

" कविता की गहराई यह है कि यह हमें समय की महत्ता को दर्शाती है, और यह बताती है कि समय कितना कीमती है। कविता में कवि ने यह भी बताया है हमें समय का सम्मान करना चाहिए क्योंकि " दुनिया की सारी दौलत को मिलाकर भी हम एक पल भी नहीं खरीद सकते हैं "

कविता में कई कठिन शब्दों का उपयोग किया गया है, जिनका अर्थ और व्याख्या निम्नलिखित है:

1. बेशकीमती: बेशकीमती का अर्थ है बहुत मूल्यवान या कीमती। यह शब्द उन चीजों के लिए उपयोग किया जाता है जो बहुत महंगी या अनमोल होती हैं।

2. साअत: साअत का अर्थ है घड़ी या समय। यह शब्द समय को मापने के लिए उपयोग किया जाता है।

3. दस्तुरे ए ख़ालिस: दस्तुरे ए ख़ालिस का अर्थ है शुद्ध या वास्तविक दस्तावेज। यह शब्द उन दस्तावेजों के लिए उपयोग किया जाता है जो वास्तविक और प्रामाणिक होते हैं।

4. जर: जर का अर्थ है सोना या स्वर्ण। यह शब्द एक मूल्यवान धातु के लिए उपयोग किया जाता है जो अक्सर गहनों और अन्य सजावटी वस्तुओं में उपयोग किया जाता है।

5. चरसा: चरसा का अर्थ है घड़ी की सुई या समय की गति। यह शब्द समय की गति को दर्शाने के लिए उपयोग किया जाता है।

6. कांचन: कांचन का अर्थ है सोना या स्वर्ण। यह शब्द एक मूल्यवान धातु के लिए उपयोग किया जाता है जो

अक्सर गहनों और अन्य सजावटी वस्तुओं में उपयोग किया जाता है।

7. सारंगी: सारंगी का अर्थ है एक प्रकार का वाद्य यंत्र, लेकिन यहाँ इसका अर्थ है सुंदर या आकर्षक। यह शब्द उन चीजों के लिए उपयोग किया जाता है जो सुंदर या आकर्षक होती हैं।

8. आभास: आभास का अर्थ है ज्ञान या समझ। यह शब्द उन चीजों के लिए उपयोग किया जाता है जो हमें ज्ञान या समझ प्रदान करती हैं।

9. लास: लास का अर्थ है चमक या आकर्षण। यह शब्द उन चीजों के लिए उपयोग किया जाता है जो चमकदार या आकर्षक होती हैं।

10. प्रपंच: प्रपंच का अर्थ है धोखा या छल। यह शब्द उन चीजों के लिए उपयोग किया जाता है जो धोखा या छल से भरी होती हैं।

11. आयस: आयस का अर्थ है लोहे या धातु का एक प्रकार। यह शब्द एक प्रकार की धातु के लिए उपयोग किया जाता है जो अक्सर विभिन्न वस्तुओं के निर्माण में उपयोग किया जाता है।

12. मुख्तारे: मुख्तारे का अर्थ है स्वतंत्र या स्वाधीन। यह शब्द उन चीजों के लिए उपयोग किया जाता है जो स्वतंत्र या स्वाधीन होती हैं।

13. रुखसर: रुखसर का अर्थ है चेहरा या मुख। यह शब्द मानव चेहरे या मुख के लिए उपयोग किया जाता है।

14. अफसानी: अफसानी का अर्थ है कहानी या कथा। यह शब्द उन कहानियों या कथाओं के लिए उपयोग किया जाता है जो हमें ज्ञान या आनंद प्रदान करती हैं।

15. हश्रे समयः हश्रे समय का अर्थ है समय का अंत या परिणाम। यह शब्द समय के अंत या परिणाम के लिए उपयोग किया जाता है।

16. गलसुफ्रतः गलसुफ्रत का अर्थ है फूलों की माला या सौंदर्य। यह शब्द उन चीजों के लिए उपयोग किया जाता है जो सुंदर या आकर्षक होती हैं।

18. चातकः चातक का अर्थ है एक प्रकार का पक्षी जो स्वाति नक्षत्र की बारिश की बूंदों का इंतजार करता है। यह शब्द एक पौराणिक पक्षी के लिए उपयोग किया जाता है जो बारिश की बूंदों का इंतजार करता है।

19. वक्त नामाः वक्त नामा का अर्थ है समय का लेखा या इतिहास। यह शब्द समय के इतिहास या लेखा के लिए उपयोग किया जाता है।

20. गुमानः गुमान का अर्थ है घमंड या अभिमान। यह शब्द उन चीजों के लिए उपयोग किया जाता है जो घमंड या अभिमान से भरी होती हैं।

21. इतमानः इतमान का अर्थ है विश्वास या भरोसा। यह शब्द उन चीजों के लिए उपयोग किया जाता है जो विश्वास या भरोसे से भरी होती हैं।

22. अजूबाः अजूबा का अर्थ है आश्चर्य या अद्भुत। यह शब्द उन चीजों के लिए उपयोग किया जाता है जो आश्चर्यजनक या अद्भुत होती हैं।

23. इहलोकः इहलोक का अर्थ है यह लोक या संसार। यह शब्द हमारे वर्तमान जीवन या संसार के लिए उपयोग किया जाता है।

इन शब्दों का उपयोग कविता में कैसे किया गया है?

" इन शब्दों का उपयोग कविता में विभिन्न तरीकों से किया गया है। श्लोक कुमार ने इन शब्दों का उपयोग करके समय, सुंदरता, और जीवन के विभिन्न पहलुओं को दर्शाया है। कविता में श्लोक कुमार ने समय की गति, सुंदरता की अनित्यता, और जीवन की अनिश्चितता की बात कही है। "

कविता में कई सुंदर और अर्थपूर्ण पंक्तियाँ हैं, जिनमें से कुछ सबसे अच्छी पंक्तियाँ और उनकी विस्तृत व्याख्या निम्नलिखित है:

1. "ओ सोने से बनी बेशकीमती साअत तू इतनी भी खास तो नही"

इस पंक्ति में कवि सोने से बनी एक बेशकीमती घड़ी को संबोधित कर रहा है, और कह रहा है कि तुम इतनी खास नहीं हो। यहाँ कवि समय की महत्ता को दर्शाने के लिए घड़ी का उपयोग कर रहा है।

2. "समय का तनिक भी एहसास तो नही"

इस पंक्ति में कवि कह रहा है कि तुम्हें समय का कोई एहसास नहीं है। यहाँ कवि समय की अनिश्चितता और उसकी गति को दर्शाने के लिए कह रहा है।

3. "हर कतरा बना कटीले का , मगर चांदी का लास नही"

इस पंक्ति में कवि कह रहा है कि हर पल कंटीले पत्तों की तरह है, लेकिन चांदी की चमक नहीं है। यहाँ कवि जीवन की कठिनाइयों और चुनौतियों को दर्शाने के लिए कह रहा

है।

4. "ओ सोने की साअत बता दे अपने संसारे"

इस पंक्ति में कवि सोने की घड़ी से पूछ रहा है कि अपने संसार के बारे में बताओ। यहाँ कवि समय के रहस्यों और उसकी गति को समझने के लिए कह रहा है।

5. "मुझे ही मुबारक गलसुफ्रत मैं ठहरा सुनता बनकर ताइर ए-खुश अल्हान"

इस पंक्ति में कवि कह रहा है कि मैं खुद को भाग्यशाली मानता हूँ कि मैं तुम्हारी बातें सुनने के लिए यहाँ हूँ। यहाँ कवि अपनी भावनाओं और विचारों को व्यक्त कर रहा है।

6. "ओ जर की महबूबा सुन ले अपने गुमान को इतना भी क्यों हैं गुमान तुझे अपने चरसे के इतमान पर"

इस पंक्ति में कवि सोने की घड़ी से कह रहा है कि अपने गुमान को सुनो और अपने चरसे के इतमान पर इतना गुमान क्यों है। यहाँ कवि घमंड और अहंकार की भावना को दर्शाने के लिए कह रहा है।

5. तड़ी

दिन तो अब लगता नैराश्य
सांझ लग रहा तम सा
खुद की खताओ ने एहसास कराया
सब ख्वाबों को राख कर बिछाया
उर की स्वर बताती मेरे बिसात को
के ,
तुम्हारा वजूद एक राख सा
गुजर गया ओ दौर
जब लगता पल लाख सा
खुद को ढूंढता मैं निकला,
गांव, गली , शहर
सिर्फ़ तड़प, फरेब, हर पहर
अब तो तुम भी मुझे भ्रमित कर रही
मेरे वजूद को दीमक सा खा रही
के ,
कुछ तो रहम करो , मैं खत्म हो जाऊ
उससे पहले तब्दील हो जाओ मुझ फ़कीर में,
और भर दो मेरे जख्मों को, मेरे यातना को
वक्त, मनुष्य , कब तब्दील हो जाए
खुद के स्वार्थ के लिए ये भी एक घड़ी है
ऐसा भी होगा माजरा कौन जानता ?
के , सत्य है , असत्य है , फरेब है ?

ये समय भी लगता एक तड़ी है ,

कविता की व्याख्या

कविता में कवि अपने जीवन की निराशा और दर्द को व्यक्त कर रहा है। कवि कहता है कि दिन अब नैराश्य से भरा हुआ है और शाम को तम का एहसास होता है। कवि की खुद की गलतियों ने उसे यह एहसास कराया है कि उसके सभी सपने राख हो गए हैं। कवि कहता है कि उसका वजूद एक राख की तरह है, जो गुजर गया है। कवि अपने आप को ढूंढता है, लेकिन वह नहीं मिलता। कवि कहता है कि अब तो उसके जीवन में सिर्फ तड़प, फरेब और दर्द है। कवि कहता है कि वह अपने वजूद को बचाने के लिए संघर्ष कर रहा है, लेकिन लगता है कि उसका वजूद दीमक की तरह खाए जा रहा है। कवि कहता है कि कुछ तो रहम करो, मैं खत्म हो जाऊ उससे पहले तब्दील हो जाओ मुझमें। कविता में कवि जीवन की अनिश्चितता और दर्द को दर्शाता है। कवि कहता है कि सत्य और असत्य के बीच का फर्क करना मुश्किल है, और समय भी एक तड़ी की तरह है, जो कभी भी बदल सकती है।

कविता के मुख्य बिंदु

- जीवन की निराशा और दर्द
- खुद की गलतियों का एहसास
- वजूद की तलाश
- जीवन की अनिश्चितता

- सत्य और असत्य के बीच का फर्क

कविता का विश्लेषण

"कविता में कवि अपने जीवन की निराशा और दर्द को व्यक्त कर रहा है। कविता के माध्यम से कवि जीवन की वास्तविकता, वजूद की अनिश्चितता, और समय की जटिलता को दर्शाने का प्रयास कर रहा है।"

कविता के मुख्य बिंदु

1. निराशा और दर्द: कविता में कवि अपने जीवन की निराशा और दर्द को व्यक्त कर रहा है। कवि कहता है कि दिन अब नैराश्य से भरा हुआ है और शाम को तम का एहसास होता है।

2. वजूद की अनिश्चितता: कवि कहता है कि तुम्हारा वजूद एक राख की तरह है, जो गुजर गया है। यहाँ कवि जीवन की अनिश्चितता और वजूद की अस्थिरता को दर्शाने के लिए कह रहा है।

3. समय की जटिलता: कवि कहता है कि समय भी एक तड़ी की तरह है, जो कभी भी बदल सकती है। यहाँ कवि समय की जटिलता और अनिश्चितता को दर्शाने के लिए कह रहा है।

4. जीवन की वास्तविकता: कवि कहता है कि जीवन में सिर्फ तड़प, फरेब, और दर्द है। यहाँ कवि जीवन की वास्तविकता और उसकी चुनौतियों को दर्शाने के लिए कह रहा है।

5. दया और करुणा: कवि कहता है कि कुछ तो रहम करो, मैं खत्म हो जाऊ उससे पहले तब्दील हो जाओ मुझमें। यहाँ कवि जीवन की दया और करुणा को दर्शाने के लिए कह रहा है।

कविता का संदेश

"कविता का संदेश यह है कि जीवन में दर्द और निराशा आती है, लेकिन हमें उस पल को वीरता और साहस के साथ उस परिस्थिति से लड़ना चाहिए और हमें अंतिम छण तक हार नहीं माननी चाहिए यह एक कथन तक उचित हैं परन्तु वास्तविकता में मनुष्य उस परिस्थिति से घबरा जाता हैं परन्तु उस पल अगर हम समय की मुश्किलों से लड़ते हैं तो समाज हमें पुरुष समझता हैं अन्यथा हमें एक व्यर्थहीन नपुंसक ही कहता है। कविता हमें जीवन की वास्तविकता, वजूद की अनिश्चितता, और समय की जटिलता के बारे में सोचने के लिए प्रेरित करती है। कविता में कवि की भावनाएँ और विचार बहुत ही सुंदर और अर्थपूर्ण तरीके से व्यक्त किए गए हैं।"

कविता की विशेषताएँ

1. भावनात्मक गहराई: कविता में कवि की भावनाएँ बहुत ही गहराई से व्यक्त की गई हैं।
2. विचारशीलता: कविता में कवि के विचार बहुत ही विचारशील और अर्थपूर्ण हैं।
3. भाषा की सुंदरता: कविता की भाषा बहुत ही सुंदर और

अर्थपूर्ण है।

4. **जीवन की वास्तविकता:** कविता में जीवन की वास्तविकता और जटिलता को बहुत ही अच्छी तरह से दर्शाया गया है।

कविता में कई सुंदर और अर्थपूर्ण पंक्तियाँ हैं, जिनमें से कुछ सबसे अच्छी पंक्तियाँ और उनकी विस्तृत व्याख्या निम्नलिखित है:

1. **"दिन तो अब लगता नैराश्य सांझ लग रहा तम सा"**

इस पंक्ति में कवि कह रहा है कि दिन अब नैराश्य (दुःख) से भरा हुआ है और शाम होते ही उसे तम का एहसास हो रहा है। यहाँ कवि जीवन की निराशा और अंधकार को दर्शाने एवं उसे निरर्थक विचार कह रहा है।

2. **"खुद की खताओ ने एहसास कराया सब ख्वाबों को राख कर बिछाया"**

इस पंक्ति में कवि कह रहा है कि खुद की गलतियों ने उसे यह एहसास कराया है कि उसके सभी सपने राख एवं अन्धकार में तब्दील हो गए हैं। यहाँ कवि जीवन की वास्तविकता और अपने सपनों के टूटने और आत्मविश्वास को टूटता देख नैराश्य की तरफ जा रहा है।

3. **"तुम्हारा वजूद एक राख सा गुजर गया"**

इस पंक्ति में कवि कह रहा है कि तुम्हारा वजूद एक राख की तरह है, जो गुजर गया है और अस्तित्व विलीन हो चुकी है ,यहाँ कवि जीवन की अनिश्चितता और वजूद की अस्थिरता को दर्शाने के लिए कह रहा है।

4. "अब तो तुम भी मुझे भ्रमित कर रही मेरे वज़ूद को
दीमक सा खा रही के"

इस पंक्ति में कवि कह रहा है कि अब तो तुम्हारी उपस्थिति और यह अनुराग भी मुझे भ्रमित कर रही है और मेरे वज़ूद को दीमक की तरह खा रही है। यहाँ कवि जीवन की जटिलता और वज़ूद की चुनौतियों को दर्शाने के लिए कह रहा है।

5. "कुछ तो रहम करो , मैं खत्म हो जाऊ उससे पहले
तब्दील हो जाओ मुझ फ़कीर में"

इस पंक्ति में कवि कह रहा है कि कुछ तो रहम करो, मैं खत्म हो जाऊ उससे पहले तब्दील हो जाओ मुझमें। यहाँ कवि जीवन की दया और करुणा को दर्शाने के लिए कह रहा है।

कविता में उपयोग किए गए मुहावरों और लोकोक्तियों का अर्थ और विस्तृत व्याख्या

1. "दिन तो अब लगता नैराश्य सांझ लग रहा तम सा": यह पंक्ति जीवन की निराशा और अंधकार की स्थिति को दर्शाती है।

2. "सब ख्वाबों को राख कर बिछाया": यह पंक्ति जीवन की आशाओं और आकांक्षाओं के नाश की स्थिति को दर्शाती है।

3. "तुम्हारा वज़ूद एक राख सा गुजर गया": यह पंक्ति जीवन की अस्तित्व की अनिश्चितता और नाश की स्थिति को दर्शाती है।

कविता में उपयोग किए गए कठिन शब्दों का अर्थ और विस्तृत व्याख्या

1. नैराश्य: निराशा, उदासी, और हताशा की भावना। यह शब्द जीवन की उन स्थितियों को दर्शाता है जब व्यक्ति अपने लक्ष्यों और आकांक्षाओं को प्राप्त करने में असफल होता है और इससे उसे निराशा और उदासी होती है।

2. तम: अंधकार, अज्ञानता, और जड़ता की स्थिति। यह शब्द जीवन की उन स्थितियों को दर्शाता है जब व्यक्ति को अपने भविष्य के बारे में कोई स्पष्टता नहीं होती है और वह अंधकार में खोया हुआ महसूस करता है।

3. ख्वाब: सपने, आशाएँ, और आकांक्षाएँ। यह शब्द जीवन की उन स्थितियों को दर्शाता है जब व्यक्ति अपने भविष्य के बारे में सपने देखता है और उन्हें प्राप्त करने के लिए प्रयास करता है।

4. राख: जलने के बाद बची हुई राख, जो जीवन की नाश की स्थिति को दर्शाती है। यह शब्द जीवन की उन स्थितियों को दर्शाता है जब व्यक्ति के सपने और आकांक्षाएँ नष्ट हो जाती हैं और वह अपने जीवन को अर्थहीन महसूस करता है।

5. उर: हृदय, मन, और आत्मा। यह शब्द जीवन की उन स्थितियों को दर्शाता है जब व्यक्ति अपने हृदय और मन की गहराई से जुड़ता है और अपने जीवन को अर्थपूर्ण बनाने का प्रयास करता है।

6. बिसात: स्थिति, दशा, और हालत। यह शब्द जीवन की उन स्थितियों को दर्शाता है जब व्यक्ति अपने जीवन की वर्तमान स्थिति का मूल्यांकन करता है और अपने भविष्य

के बारे में निर्णय लेता है।

7. वज़ूद: अस्तित्व, जीवन, और पहचान। यह शब्द जीवन की उन स्थितियों को दर्शाता है जब व्यक्ति अपने अस्तित्व और पहचान के बारे में जागरूक होता है और अपने जीवन को अर्थपूर्ण बनाने का प्रयास करता है।

8. दीमक: एक प्रकार का कीड़ा जो लकड़ी को खाता है, जो जीवन की नाश की स्थिति को दर्शाता है। यह शब्द जीवन की उन स्थितियों को दर्शाता है जब व्यक्ति के जीवन को नकारात्मक शक्तियाँ प्रभावित करती हैं और उसे नष्ट करने का प्रयास करती हैं।

9. फरेब: धोखा, छल, और कपट। यह शब्द जीवन की उन स्थितियों को दर्शाता है जब व्यक्ति को धोखा दिया जाता है और वह अपने विश्वास और भरोसे को खो देता है।

10. तब्दील : बदलना, परिवर्तित होना। यह शब्द जीवन की उन स्थितियों को दर्शाता है जब व्यक्ति अपने जीवन में परिवर्तन लाने का प्रयास करता है और अपने लक्ष्यों और आकांक्षाओं को प्राप्त करने के लिए नए रास्ते अपनाता है।

11. फ़कीर: एक दरवेश, जो जीवन की सादगी और त्याग की स्थिति को दर्शाता है। यह शब्द जीवन की उन स्थितियों को दर्शाता है जब व्यक्ति अपने जीवन को सादगी और त्याग के साथ जीने का प्रयास करता है और अपने लक्ष्यों और आकांक्षाओं को प्राप्त करने के लिए आध्यात्मिक मार्ग का अनुसरण करता है।

12. यातना: दर्द, कष्ट, और पीड़ा। यह शब्द जीवन की उन स्थितियों को दर्शाता है जब व्यक्ति को शारीरिक या मानसिक दर्द होता है और वह अपने जीवन को कष्टपूर्ण

महसूस करता है।

13. माजरा: स्थिति, हालत, और परिस्थिति। यह शब्द जीवन की उन स्थितियों को दर्शाता है जब व्यक्ति अपने जीवन की वर्तमान स्थिति का मूल्यांकन करता है और अपने भविष्य के बारे में निर्णय लेता है।

14. तड़ी: एक प्रकार की घड़ी, जो समय की अनिश्चितता को दर्शाती है। यह शब्द जीवन की उन स्थितियों को दर्शाता है जब व्यक्ति समय की अनिश्चितता के बारे में जागरूक होता है और अपने जीवन को अर्थपूर्ण बनाने के लिए समय का सदुपयोग करने का प्रयास करता है।

6. कठपुतली

ये डोर मेरी खलासी को इख्तियार कर लिए
मेरे कर, पद बंदिश में हैं
ओ! नटवर मुझे छोड़ दो ,
मेरे अनुरागी को दो टेक
है एक डोर हमारा
शुष्क दरख़्त की भांति मेरा हयात हैं
प्रशाखा की भांति कर मेरे
खुश्क दरख़्त की भांति मैं खड़ी
विवश मैं , बिन तुम्हारे वियोग में पड़ी
मेरे अश्क है बेशकीमत
गिरते ही बन जाते मोती
इन्हे रोक लो
ओ ! नटवर मुझे छोड़ दो
इस डोर को मत समझो बंदिश मेरी
इन्हे तोड़ दो
ओ! नटवर मुझे छोड़ दो
ये समाज से अब त्रास नही
मैं कठपुतली ठहरी मेरा कोई वजूद नहीं
नटवर की बंदिश करते अहोरात्र हरण मेरा
मैं अभिजात जाया मुझमें अब पाक नही
ओ! नटवर मुझे छोड़ दो
मैं उमुक्त पक्षी इस पिंजरे को

तोड़ दो

ओ ! नटवर मुझे छोड़ दो
मैं तुमसे दुहाई करती हूं
दूंगी तुम्हे एक आने
कह दो तुम्हारी रिहाई करता हूं
ये उर बेकरार हैं बिन उसके
व्रण को मेरे भर दो
ओ ! नटवर मुझे छोड़ दो
कठपुतली क्यों हो श्लोक से खिन्न
हैं उसके मुहब्बत के पन्ने भिन्न
उन्हें खुला छोड़ दो
ओ ! नटवर मुझे छोड़ दो

कविता का विश्लेषण

कविता में कवि अपने जीवन की एक महत्वपूर्ण स्थिति को दर्शाने का प्रयास कर रहा है, जिसमें वह अपने प्रेमिका के साथ अपने संबंधों को लेकर चिंतित है। कवि अपने प्रेमिका से कहता है कि उसे अपने जीवन की डोर से मुक्त कर दो, क्योंकि वह अब और इस बंदिश में नहीं रहना चाहता है।

कविता के मुख्य बिंदु

1. बंदिश और मुक्ति: कविता में कवि अपने जीवन की बंदिश को लेकर चिंतित है और अपने प्रेमिका से मुक्ति की याचना करता है।

2. *प्रेम और वियोग:* कविता में कवि अपने प्रेमिका के साथ अपने संबंधों को लेकर चिंतित है और उसके वियोग में अपने जीवन को अर्थहीन महसूस करता है।

3. *आज़ादी और स्वतंत्रता:* कविता में कवि अपने जीवन की आज़ादी और स्वतंत्रता की मांग करता है और कहता है कि उसे अपने जीवन की डोर से मुक्त कर दो।

कविता का संदेश

कविता का संदेश यह है कि जीवन में आज़ादी और स्वतंत्रता बहुत ही महत्वपूर्ण है, और हमें अपने जीवन की डोर से मुक्त होने का प्रयास करना चाहिए। कविता में कवि अपने प्रेमिका के साथ अपने संबंधों को लेकर चिंतित है और उसके वियोग में अपने जीवन को अर्थहीन महसूस करता है, लेकिन वह अपने जीवन की आज़ादी और स्वतंत्रता की मांग करता है।

कविता का महत्व

1. *जीवन की बंदिश और मुक्ति:* कविता जीवन की बंदिश और मुक्ति के बारे में बात करती है, जो जीवन की एक महत्वपूर्ण स्थिति है।

2. *प्रेम और वियोग:* कविता प्रेम और वियोग की भावना को दर्शाती है, जो जीवन की एक महत्वपूर्ण भावना है।

कविता की सबसे अच्छी पंक्तियाँ

1. "बिन तुम्हारे वियोग में पड़ी मेरे अश्क है बेशकीमत
गिरते ही बन जाते मोती इन्हे रोक लो ओ ! नटवर मुझे
छोड़ दो"

व्याख्या: इस पंक्ति में कवि वियोग में अपने आंसुओं की
तुलना मोतियों से कर रहा है, जो बहुत ही कीमती होते हैं।
कवि कहता है कि उसके आंसू इतने कीमती हैं कि वे
गिरते ही मोतियों में बदल जाते हैं।

2. "मैं उमुक्त पक्षी इस पिंजरे को तोड़ दो ओ ! नटवर
मुझे छोड़ दो"

व्याख्या: इस पंक्ति में कवि अपने जीवन को एक पिंजरे
में बंद पक्षी की तरह बता रहा है, जो आज़ादी की मांग
कर रहा है। कवि कहता है कि वह एक उमुक्त पक्षी है,
जो अपने पिंजरे को तोड़ना चाहता है।

3. "कठपुतली क्यों हो श्लोक से खिन्न हैं उसके मुहब्बत
के पन्ने भिन्न उन्हें खुला छोड़ दो ओ ! नटवर मुझे छोड़
दो"

व्याख्या: इस पंक्ति में कवि अपने जीवन को एक
कठपुतली की तरह बता रहा है, जो दूसरों के हाथों में
नाचती है। कवि कहता है कि वह अपने जीवन को खुला
छोड़ना चाहता है, ताकि वह अपने प्रेमिका के साथ अपने
संबंधों को और भी गहरा बना सके।

4. "ये डोर मेरी खलासी को इख्तियार कर लिए मेरे कर,
पद बंदिश में हैं ओ! नटवर मुझे छोड़ दो"

व्याख्या: इस पंक्ति में कवि अपने जीवन की डोर को
लेकर चिंतित है, जो दूसरों के हाथों में है। कवि कहता है
कि वह अपने जीवन की डोर को अपने हाथों में लेना
चाहता है उन्मुक्त पक्षी की तरह पिंजड़े से आज़ाद होना

चाहता है।

5. "मैं कठपुतली ठहरी मेरा कोई वजूद नहीं नटवर की
बंदिश करते अहोरात्र हरण मेरा"

व्याख्या: इस पंक्ति में कवि बता रहा है की , जो दूसरों
के हाथों में नाचती है वह मात्र कठपुतली नहीं लोगो की
सम्पूर्ण आजादी को नाचने को विवश करता हैं । कवि
कहता है कि उसका कोई वजूद नहीं है और वह दूसरों की
बंदिशों में जी रहा है।

6. "ये उर बेकरार हैं बिन उसके व्रण को मेरे भर दो ओ !
नटवर मुझे छोड़ दो"

व्याख्या: इस पंक्ति में कवि अपने हृदय की बेचैनी को
लेकर चिंतित है, जो उसके प्रेमिका के स्नेह के बिना
अधूरा है। कवि कहता है कि उसका हृदय बेकरार है

कविता में कठिन शब्दों का अर्थ

1. वजूद: अर्थ - अस्तित्व, पहचान

व्याख्या - इस शब्द का उपयोग कविता में कवि के
अस्तित्व को लेकर किया गया है, जो उसके प्रेमिका के
साथ जुड़ी हुई है।

2. पाक: अर्थ - पवित्र, शुद्ध

व्याख्या - इस शब्द का उपयोग कविता में कवि के जीवन
की पवित्रता को लेकर किया गया है, जो उसके प्रेमिका के
साथ जुड़ी हुई है।

3. व्रण: अर्थ - घाव, चोट

व्याख्या - इस शब्द का उपयोग कविता में कवि के हृदय
की चोट को लेकर किया गया है, जो उसके प्रेमिका के

वियोग में हुआ है।

4. बेकरार: अर्थ - बेचैन, अधीर

व्याख्या - इस शब्द का उपयोग कविता में कवि के हृदय की बेचैनी को लेकर किया गया है, जो उसके प्रेमिका के बिना अधूरा है।

5. मुहब्बत: अर्थ - प्रेम, प्यार

व्याख्या - इस शब्द का उपयोग कविता में कवि के प्रेमिका के साथ उसके संबंधों को लेकर किया गया है, जो प्रेम और प्यार की भावना को दर्शाता है।

6. अहोरात्र: अर्थ - दिन-रात, निरंतर

व्याख्या - इस शब्द का उपयोग कविता में कवि के जीवन की निरंतरता को लेकर किया गया है, जो उसके प्रेमिका के साथ जुड़ी हुई है।

7. हरण: अर्थ - चोरी, लूट

व्याख्या - इस शब्द का उपयोग कविता में कवि के जीवन की चोरी को लेकर किया गया है, जो उसके प्रेमिका के बिना अधूरा है।

8. उन्मुक्त: अर्थ - मुक्त, आज़ाद

व्याख्या - इस शब्द का उपयोग कविता में कवि की आज़ादी की मांग को लेकर किया गया है।

9. दुहाई: अर्थ - अपील, प्रार्थना

व्याख्या - इस शब्द का उपयोग कविता में कवि की अपील को लेकर किया गया है, जो उसके प्रेमिका से की गई है।

10. वजूद: अर्थ - अस्तित्व, पहचान

व्याख्या - इस शब्द का उपयोग कविता में कवि के अस्तित्व को लेकर किया गया है, जो उसके प्रेमिका के साथ जुड़ी हुई है।

11. पाक: अर्थ - पवित्र, शुद्ध

व्याख्या - इस शब्द का उपयोग कविता में कवि के जीवन की पवित्रता को लेकर किया गया है, जो उसके प्रेमिका के साथ जुड़ी हुई है।

12. व्रण: अर्थ - घाव, चोट

व्याख्या - इस शब्द का उपयोग कविता में कवि के हृदय की चोट को लेकर किया गया है, जो उसके प्रेमिका के वियोग में हुआ है।

13. बेकरार: अर्थ - बेचैन, अधीर

व्याख्या - इस शब्द का उपयोग कविता में कवि के हृदय की बेचैनी को लेकर किया गया है, जो उसके प्रेमिका के बिना अधूरा है।

14. श्लोक: अर्थ - वाक्य, कथन

व्याख्या - इस शब्द का उपयोग कविता में कवि के प्रेमिका के कथन को लेकर किया गया है, जो उसके जीवन का केंद्र है।

15. मुहब्बत: अर्थ - प्रेम, प्यार

व्याख्या - इस शब्द का उपयोग कविता में कवि के प्रेमिका के साथ उसके संबंधों को लेकर किया गया है, जो प्रेम और प्यार की भावना को दर्शाता है।

7. तसव्वुर ए मसर्रत

तुम्हारी तसव्वुर इस कदर मुझे सता रही
हर दीप्त की भांति बता रही
हर तरफ दिखता दीद तुम्हारा
ये वासर अब ढलने को , शाम का अक्स बना रहा
तुम्हारी नशीली आँखें मुझे क्षतिग्रस्त कर रही
हर लफ्ज़, तकल्लुफ को मरहम कह रही
ये अहोरात्र भी सिर्फ तुमसे शुरू होता है
मेरी तन्हाई को दूर कर , मेरी प्रियतम
इन परवश आंखों को चूम लो
हो रहा वृष्टि बनके वात संग झूम लो
मेरी जां ये वात भी तुम्हारा एहसास ए मसर्रत कराती
मेरी जिस्म को परसना कर,इश्क़ कर रूह में बस जाती
कहती श्लोक तुम इस कदर लीन हों जाओ
सुबह का सर ए शाम , शब वासर ए मसर्रत हो जाओ
ये तसव्वुर भी मुझसे तुम्हारा जिक्र करती
तुम्हारी आंखों में अश्क बन सराय करती
तुम्हारा उर धड़क रहा , मेरे खत को ढूंढ रहा
दिन तो ढल जाता तुम्हारी तसव्वुर के सहारे
राते बेचैन कर देती , हर सांस को गरोल समझ लेती
यह कविता बेहद भावुक, रूमानी और रहस्यपूर्ण है। इसमें
गहरी भावनाओं का समंदर है जो प्रेम, तड़प, तन्हाई और
आत्मिक जुड़ाव को बहुत खूबसूरती से अभिव्यक्त करता

है। इस कविता में प्रेमिका की याद, उसकी आंखों की नशीली कशिश, और तन्हा रात्रियों में उसकी तसव्वुर (कल्पना) का चित्रण है। यह एक आत्मिक प्रेम है जहाँ शारीरिक नहीं बल्कि भावनात्मक और आत्मिक मिलन की बात होती है।

काव्य सौंदर्य:

संवेदनशीलता: हर पंक्ति में भावनाओं की गहराई है।
भाषा: इसमें एक सुंदर मिश्रण है – उर्दू की मिठास ("तसव्वुर", "दीद", "अहोरात्र") और संस्कृतनिष्ठ हिंदी ("श्लोक", "परसना", "उर") का। यह उसे एक दिव्य और रूहानी स्पर्श देता है।
बिंब और प्रतीक: "अहोरात्र", "वृष्टि", "वात", "शब", "अक्स" जैसे शब्द बिंब रचते हैं और भावनाओं को मूर्त रूप देते हैं।

कविता का विश्लेषण

कविता में प्रेम की गहराई और तीव्रता को बहुत ही सुंदर तरीके से दर्शाया गया है। कवि अपने प्रेमिका के बारे में सोचते हुए अपनी भावनाओं को व्यक्त कर रहा है।

प्रेम की तीव्रता

कविता में प्रेम की तीव्रता को कई जगहों पर दर्शाया गया है, जैसे कि "तुम्हारी तसव्वुर इस कदर मुझे सता रही" और "तुम्हारी नशीली आंखें मुझे क्षतिग्रस्त कर रही"। इन

पंक्तियों से पता चलता है कि कवि अपने प्रेमिका के बारे में सोचते हुए कितना अधिक भावनात्मक रूप से जुड़ा हुआ है।

प्रेम की व्यापकता

कविता में प्रेम की व्यापकता को भी दर्शाया गया है, जैसे कि "ये अहोरात्र भी सिर्फ तुमसे शुरू होता है"। इस पंक्ति से पता चलता है कि कवि का जीवन अब पूरी तरह से उसके प्रेमिका के इर्द-गिर्द घूम रहा है।

प्रेम की सुंदरता

कविता में प्रेम की सुंदरता को भी दर्शाया गया है, जैसे कि "वृष्टि बनके वात संग झूम लो"। इस पंक्ति से पता चलता है कि कवि अपने प्रेमिका के साथ एक सुंदर और आनंदमय जीवन की कल्पना कर रहा है।

आध्यात्मिक मिलन

कविता में आध्यात्मिक मिलन की भावना को भी दर्शाया गया है, जैसे कि "कहती श्लोक तुम इस कदर लीन हों जाओ"। इस पंक्ति से पता चलता है कि कवि अपने प्रेमिका के साथ एक गहरे आध्यात्मिक संबंध की तलाश में है।

कविता में प्रयोग किए गए कठिन शब्दों के अर्थ और व्याख्या

1. *तसव्वुर:* तसव्वुर का अर्थ है कल्पना या विचार। कविता में कवि अपने प्रेमिका के बारे में सोचते हुए अपनी भावनाओं को व्यक्त कर रहा है।

2. *दीप्त:* दीप्त का अर्थ है चमक या प्रकाश। कविता में कवि अपने प्रेमिका की याद को एक चमकदार प्रकाश की तरह दर्शा रहा है।

3. *वासर:* वासर का अर्थ है दिन या समय। कविता में कवि कहता है कि उसका दिन अब ढलने को है, जिसका अर्थ है कि उसका समय समाप्त हो रहा है।

4. *अक्स:* अक्स का अर्थ है प्रतिबिंब या छवि। कविता में कवि अपने प्रेमिका की आंखों को एक सुंदर प्रतिबिंब की तरह दर्शा रहा है।

5. *नशीली आँखें:* नशीली आँखें का अर्थ है सुंदर और आकर्षक आंखें। कविता में कवि अपने प्रेमिका की आंखों को सुंदर और आकर्षक दर्शा रहा है।

6. *तकल्लुफ:* तकल्लुफ का अर्थ है बनावट या दिखावा। कविता में कवि कहता है कि उसकी प्रेमिका की आंखें उसे चोट पहुँचा रही हैं, लेकिन वह इसे एक मरहम की तरह मानता है।

7. *मरहम:* मरहम का अर्थ है उपचार या आराम। कविता में कवि अपने प्रेमिका की आंखों को एक मरहम की तरह दर्शा रहा है, जो उसकी चोट को ठीक कर सकता है।

8. *अहोरात्र:* अहोरात्र का अर्थ है दिन और रात। कविता में कवि कहता है कि उसका दिन और रात अब उसके प्रेमिका

के बारे में सोचते हुए बीत रहा है।

9. *परवश आंखें:* परवश आंखें का अर्थ है बेबस या असहाय आंखें। कविता में कवि अपने प्रेमिका से अपनी आंखों को चूमने के लिए कहता है।

10. *वृष्टि:* वृष्टि का अर्थ है वर्षा या बारिश। कविता में कवि अपने प्रेमिका से वर्षा बनकर उसके साथ झूमने के लिए कहता है।

11. *एहसास ए मसर्रत:* एहसास ए मसर्रत का अर्थ है सुखद अनुभूति। कविता में कवि अपने प्रेमिका के साथ सुखद अनुभूति की बात कर रहा है।

12. *श्लोक:* श्लोक का अर्थ है एक प्रकार की कविता या पद्य। कविता में कवि अपने प्रेमिका के साथ एक गहरे आध्यात्मिक संबंध की बात कर रहा है।

13. *लीन हों जाओ:* लीन हों जाओ का अर्थ है खो जाना या डूब जाना। कविता में कवि अपने प्रेमिका के साथ खो जाने की बात कर रहा है।

14. *अश्क:* अश्क का अर्थ है आंसू। कविता में कवि अपने प्रेमिका की आंखों में आंसू बनकर रहने की बात कर रहा है।

15. *सराय:* सराय का अर्थ है निवास या आश्रय। कविता में कवि अपने प्रेमिका की आंखों में निवास करने की बात कर रहा है।

16. *गरोल:* गरोल का अर्थ है एक प्रकार की घबराहट या बेचैनी। कविता में कवि अपने प्रेमिका के बिना बेचैनी महसूस करने की बात कर रहा है।

8. बारिश और तुम

मैं एक तलब तुम्हें फ़रियाद कर रहा था
मगर तुम्हारे तसव्वुर मुझे विरान बना दिया
ये चंचला इस कदर मुझे डरा रही
तुम्हारी यादों को बातिल सा बता रही
तुम कभी बनकर आओ बारिश मेरे पास
मैं हर उस बूंद को तुम्हारी इत्र समझ
एहसाह कर लूंगा,
इन वाताओ में उठी अजब हलचल
शायद तुम्हारी फ़रियाद कर रहा
तुम मेरे रूह में इस कदर लीन हो जाओ
मुझे राख कर , तुम तल्लीन हो जाओ
तुम मुझे इस कदर सता रही
मुझे क्यों तुम खुद से अलग बता रही
तुम्हारी जिस्म, रूह , कैफियत में मैं
क्यों इस वाकिफ को , अल्हड़ को
नावाकिफ बता रही
सुन रही मेरी यातना को
इतना भी आघात करो नही
मैं परवश तुम्हारी मुहब्बत में,
सब ख़्वाब तबाह कर आया कही

कविता का विश्लेषण:-

कविता में प्रेम की गहराई और तीव्रता को दर्शाया गया है। कवि अपने प्रेमिका के बारे में सोचते हुए अपनी भावनाओं को व्यक्त कर रहा है।

प्रेम की तीव्रता:-

कविता में प्रेम की तीव्रता को कई जगहों पर दर्शाया गया है, जैसे कि "तुम्हारे तसव्वुर मुझे विरान बना दिया" और "तुम मुझे इस कदर सता रही"। इन पंक्तियों से पता चलता है कि कवि अपने प्रेमिका के बारे में सोचते हुए कितना अधिक भावनात्मक रूप से जुड़ा हुआ है।

प्रेम की व्यापकता:-

कविता में प्रेम की व्यापकता को भी दर्शाया गया है, जैसे कि "तुम मेरे रूह में इस कदर लीन हो जाओ"। इस पंक्ति से पता चलता है कि कवि की प्रेमिका उसके जीवन का एक अभिन्न अंग है।

प्रेम की सुंदरता:-

कविता में प्रेम की सुंदरता को भी दर्शाया गया है, जैसे कि "तुम कभी बनकर आओ बारिश मेरे पास"। इस पंक्ति से पता चलता है कि कवि अपने प्रेमिका के साथ एक सुंदर और आनंदमय जीवन की कल्पना कर रहा है। कविता में

प्रयोग की गई भाषा और शब्दों का चयन बहुत ही सूक्ष्म और मार्मिक है, जो पाठक को एक गहरे भावनात्मक अनुभव से जोड़ता है। कविता में प्रेमी की फरियाद और विरह की भावनाएं बहुत ही वास्तविक और हृदयस्पर्शी तरीके से व्यक्त की गई हैं, जो पाठक को एक गहरे भावनात्मक स्तर पर जोड़ती हैं। कविता की रूहानी मोहब्बत की झलक भी बहुत ही सुंदर और आकर्षक है, जो पाठक को एक आध्यात्मिक और भावनात्मक अनुभव प्रदान करती है।

प्रेम की यातना:-

कविता में प्रेम की यातना को भी दर्शाया गया है, जैसे कि "सुन रही मेरी यातना को इतना भी आघात करो नही"। इस पंक्ति से पता चलता है कि कवि अपने प्रेमिका के बिना यातना महसूस कर रहा है।

कविता में प्रयोग किए गए कठिन शब्दों के अर्थ और विवरण:-

1. तलब: तलब का अर्थ है मांग या आवश्यकता। कविता में कवि अपने प्रेमिका से अपनी मांग या आवश्यकता की बात कर रहा है, जो उसके जीवन में एक महत्वपूर्ण स्थान रखती है।

2. फ़रियाद: फ़रियाद का अर्थ है प्रार्थना या अनुरोध। कविता में कवि अपने प्रेमिका से प्रार्थना या अनुरोध कर रहा है, जो उसके जीवन में एक महत्वपूर्ण भूमिका निभाती

है।

3. *तसव्वुर:* तसव्वुर का अर्थ है कल्पना या विचार। कविता में कवि अपने प्रेमिका के बारे में सोचते हुए अपनी भावनाओं को व्यक्त कर रहा है, जो उसके जीवन में एक महत्वपूर्ण स्थान रखती है।

4. *विरान:* विरान का अर्थ है सूना या एकांत। कविता में कवि अपने प्रेमिका के बिना अपने जीवन को सूना और एकांत महसूस कर रहा है, जो उसके लिए एक दर्दनाक अनुभव है।

5. *चंचला:* चंचला का अर्थ है अस्थिर या चंचल। कविता में कवि अपने प्रेमिका की यादों को अस्थिर और चंचल बता रहा है, जो उसके जीवन में एक महत्वपूर्ण भूमिका निभाती है।

6. *बातिल:* बातिल का अर्थ है व्यर्थ या बेकार। कविता में कवि अपने प्रेमिका की यादों को व्यर्थ और बेकार बता रहा है, जो उसके लिए एक दर्दनाक अनुभव है।

7. *इत्र:* इत्र का अर्थ है सुगंध या खुशबू। कविता में कवि अपने प्रेमिका की सुगंध या खुशबू की कल्पना कर रहा है, जो उसके जीवन में एक महत्वपूर्ण स्थान रखती है।

8. *एहसाह:* एहसाह का अर्थ है अनुभव या अनुभूति। कविता में कवि अपने प्रेमिका के साथ एक सुंदर और आनंदमय अनुभव की कल्पना कर रहा है, जो उसके जीवन में एक महत्वपूर्ण भूमिका निभाती है।

9. *रूह:* रूह का अर्थ है आत्मा या प्राण। कविता में कवि अपने प्रेमिका के साथ एक गहरे आध्यात्मिक संबंध की बात कर रहा है, जो उसके जीवन में एक महत्वपूर्ण स्थान रखती है।

10. लीन: लीन का अर्थ है खो जाना या डूब जाना। कविता में कवि अपने प्रेमिका के साथ खो जाने की बात कर रहा है,

11. वाकिफ: वाकिफ का अर्थ है परिचित या जानकार। कविता में कवि अपने प्रेमिका के साथ अपने परिचित या जानकार होने की बात कर रहा है, जो उसके जीवन में एक महत्वपूर्ण भूमिका निभाती है।

12. अल्हड़: अल्हड़ का अर्थ है अनुभवहीन या अनाड़ी। कविता में कवि अपने प्रेमिका के साथ अपने अनुभवहीन या अनाड़ी होने की बात कर रहा है,

13. नावाकिफ: नावाकिफ का अर्थ है अपरिचित या अनजान। कविता में कवि अपने प्रेमिका के साथ अपने अपरिचित या अनजान होने की बात कर रहा है,

14. यातना: यातना का अर्थ है दर्द या पीड़ा। कविता में कवि अपने प्रेमिका के बिना दर्द या पीड़ा महसूस कर रहा है, जो उसके जीवन में एक महत्वपूर्ण अनुभव है।

15. आघात: आघात का अर्थ है चोट या आघात। कविता में कवि अपने प्रेमिका से आग्रह कर रहा है कि वह उसे और अधिक चोट न पहुँचाए,

कविता की पंक्तियों का विवरण इस प्रकार है:-

1. मैं एक तलब तुम्हें फ़रियाद कर रहा था: कवि अपने प्रेमिका से एक प्रार्थना या अनुरोध कर रहा है, जो उसके जीवन में एक महत्वपूर्ण स्थान रखती है।

2. मगर तुम्हारे तसव्वुर मुझे विरान बना दिया: कवि के प्रेमिका की यादें उसके लिए एक सूनेपन की भावना पैदा

कर रही हैं, जो उसके जीवन को अधूरा बना देती हैं।

3. ये चंचला इस कदर मुझे डरा रही: कवि के प्रेमिका की यादें उसे डरा रही हैं, जो उसके जीवन में एक महत्वपूर्ण भूमिका निभाती हैं।

4. तुम्हारी यादों को बातिल सा बता रही: कवि के प्रेमिका की यादें उसके लिए एक व्यर्थ और बेकार की चीज हैं, जो उसके जीवन को प्रभावित करती हैं।

5. तुम कभी बनकर आओ बारिश मेरे पास: कवि अपने प्रेमिका से कह रहा है कि अगर वह उसके पास आए, तो वह उसके प्रेम को महसूस कर पाएगा।

6. मैं हर उस बूंद को तुम्हारी इत्र समझ एहसाह कर लूंगा: कवि अपने प्रेमिका की उपस्थिति को बारिश की बूंदों के रूप में कल्पना कर रहा है, जो उसके लिए एक सुंदर और आनंदमय अनुभव होगा।

7. इन वाताओ में उठी अजब हलचल: कवि के प्रेमिका की यादें उसके जीवन में एक नए परिवर्तन की शुरुआत कर रही हैं, जो उसके लिए एक महत्वपूर्ण अनुभव होगा।

8. शायद तुम्हारी फ़रियाद कर रहा: कवि अपने प्रेमिका से एक प्रार्थना या अनुरोध कर रहा है, जो उसके जीवन में एक महत्वपूर्ण स्थान रखती है।

9. तुम मेरे रूह में इस कदर लीन हो जाओ मुझे राख कर: कवि अपने प्रेमिका के साथ एक गहरे आध्यात्मिक संबंध की बात कर रहा है, जो उसके जीवन को पूर्ण बना देगा।

10. तुम तल्लीन हो जाओ: कवि अपने प्रेमिका के साथ एक गहरे संबंध की बात कर रहा है, जो उसके जीवन में एक महत्वपूर्ण भूमिका निभाएगा।

11. तुम मुझे इस कदर सता रही: कवि के प्रेमिका की यादें उसे परेशान कर रही हैं, जो उसके जीवन को प्रभावित करती हैं।

12. मुझे क्यों तुम खुद से अलग बता रही: कवि अपने प्रेमिका से पूछ रहा है कि वह उसे अपने से अलग क्यों समझ रही है, जो उसके लिए एक दर्दनाक अनुभव है।

13. तुम्हारी जिस्म, रूह, कैफियत में: कवि अपने प्रेमिका के शारीरिक, आध्यात्मिक और भावनात्मक पहलुओं की बात कर रहा है, जो उसके जीवन में एक महत्वपूर्ण भूमिका निभाते हैं।

14. मैं क्यों इस वाकिफ को, अल्हड़ को नावाकिफ बता रही: कवि अपने प्रेमिका से पूछ रहा है कि वह उसे एक जानकार और अनुभवहीन व्यक्ति को अपरिचित क्यों समझ रही है, जो उसके लिए एक दर्दनाक अनुभव है।

15. सुन रही मेरी यातना को इतना भी आघात करो नही: कवि अपने प्रेमिका से आग्रह कर रहा है कि वह उसकी पीड़ा को सुनकर उसे और अधिक चोट न पहुँचाए, जो उसके जीवन में एक महत्वपूर्ण अनुभव होगा।

16. मैं परवश तुम्हारी मुहब्बत में: कवि अपने प्रेमिका के प्रेम में पूरी तरह से समर्पित है, जो उसके जीवन को पूर्ण बना देता है।

17. सब ख़्वाब तबाह कर आया कही: कवि अपने प्रेमिका के लिए अपने सभी सपनों और आशाओं को त्यागने के लिए तैयार है, जो उसके जीवन में एक महत्वपूर्ण भूमिका निभाएगा।

भाव विश्लेषण:-

फ़रियाद और विरह

"मैं एक तलब तुम्हें फ़रियाद कर रहा था / मगर तुम्हारे तसव्वुर मुझे विरान बना दिया"

→ यहाँ प्रेमी की गहरी चाहत और यादों की पीड़ा को खूबसूरती से पिरोया गया है।

यादों से भय और संघर्ष

"ये चंचला इस कदर मुझे डरा रही / तुम्हारी यादों को बातिल सा बता रही"

→ प्रेमी के अंतर्मन में एक द्वंद है, जहाँ उसकी यादें भी उसे सुकून नहीं देतीं, बल्कि डराने लगी हैं।

प्रकृति के माध्यम से प्रेम की अभिव्यक्ति

"तुम कभी बनकर आओ बारिश मेरे पास / मैं हर उस बूंद को तुम्हारी इत्र समझ एहसाह कर लूंगा"

→ यहाँ प्रेमिका की उपस्थिति को बारिश की बूंदों में महसूस करने की लालसा है – बहुत कोमल और भावुक कल्पना।

रूहानी मिलन और समर्पण

"तुम मेरे रूह में इस कदर लीन हो जाओ / मुझे राख कर , तुम तल्लीन हो जाओ"

→ यह आत्मविलयन की पराकाष्ठा है – प्रेमी अपनी सत्ता को प्रेम में विलीन कर देना चाहता है।

स्वयं से अलग होने की पीड़ा

"तुम मुझे क्यों खुद से अलग बता रही"

→ प्रेमिका द्वारा ठुकराए जाने या दूरी बनाए रखने की वेदना बहुत मार्मिक रूप में व्यक्त की गई है।

मोहब्बत में परवशता और खोखले सपने

"मैं परवश तुम्हारी मुहब्बत में, सब ख़्वाब तबाह कर आया
कहीं"

→ यह एक टूटे हुए प्रेमी की पुकार है, जो अपने स्वप्नों
और अस्तित्व दोनों को मोहब्बत में भुला चुका है।

9. कपोत ए ख़त

ये दिन अब रंज सा लग रहा है
अहोरात्र तुम्हारी नालिश कर रहा है
मेरे भेजे कपोत का खत तुम्हे मिला क्या ?
तुम मुझसे खफा क्यों हो
अब उसपे ए'तिबार भी करो
नही इलावा कोई और तुम्हारे
मेरे उर को अब इल्तिफ़ात करो
सुन रही हो न तुम !
कही तुमने उसे गरल तो नही दिया
हर घूंट को उदक समझ पीया
मुझे बिन तुम्हारे बेकरार कर तुम्हें
तवज्जोह वफ़ा का मिला क्या ?
मेरे जराहत अब भर नही रहे
तुम छूकर उसे इक्तिफ़ा कर दो
मैं ठहरा नावाकिफ मुझसे मुख्तलिफ न हो
मेरे उर में वफ़ा की पेशकब्ज से आघात न करो
कही तुम्हारी काया भी हिज़्र में राख न हो
मैं जा रहा हु मेरे कपोत को लिए
तुम कही और सराय बना रही
श्लोक की उल्फ़त को बातिल सा बता रही
तुमने मुझे छतिग्रस्त करके माना
लिए मृतचैल मेरी बे-मुरव्वत

वापिस आगार को जाना

कविता की व्याख्या

कविता में कवि अपने प्रेमिका से बात कर रहा है और अपने दिल की बातें कह रहा है। कवि कहता है कि उसके दिन अब उदास हो गए हैं और वह अपने स्नेह की भवर में डूबकर प्रेमिका की याद में है। और यह दुनिया उसे निर्थक और उदासीन लगती हैं जो उसके अंतरात्मा को विचलित एवं बाहरी आवरण की दिखावटी दुनिया का प्यार उसे भ्रमित कर रहा हैं , और अंततः शरीर ख़त्म होकर राख में बदला और आत्मा भटकती रही सुनसान मरघट मे और मैं ख़त्म होकर भी तुम्हे ही चाहता हूँ और खुद को बिखरा और लाचार अनुरागी पाता हूँ।

कविता के मुख्य बिंदु

1. प्रेमी की याद: कवि अपने प्रेमिका की याद में परेशान है और उसके बिना जीवन को अर्थहीन महसूस करता है।
2. प्रेमिका की नाराजगी: कवि कहता है कि उसकी प्रेमिका उससे नाराज है और वह नहीं जानता कि क्यों।
3. प्रेम की याचना: कवि अपने प्रेमिका से प्रेम की याचना करता है और कहता है कि वह उसके बिना नहीं रह सकता हैं वह उससे जुदा न हो और उसकी भावनाओं को समझे और उसको अपनाये।
4. दर्द और पीड़ा: कवि अपने दिल की पीड़ा और दर्द को व्यक्त करता है और कहता है कि वह अपने प्रेमिका के

बिना नहीं रह सकता हैं उसके बगैर उसको ये लोक सिर्फ
एक मायानगरी से ज्यादा नहीं लगता हैं और इसे वह
अपनी जिंदगी की सबसे ख़राब दशा बताता हैं।

कविता की विशेषता

कविता में कवि ने अपनी भावनाओं को बहुत ही गहराई से
व्यक्त किया है, जो पाठक को कवि की भावनाओं से जुड़ने
में मदद करता है। कविता में प्रेम और वियोग की भावना
को बहुत ही सुंदर तरीके से दर्शाया गया है, जो पाठक को
कविता के साथ जुड़ने में मदद करता है।

कविता का कथानक

कविता का कथानक प्रेम और वियोग के इर्द-गिर्द घूमता
है। कवि अपने प्रेमिका से अलग है और उसे अपनी
प्रेमिका की याद सता रही है। कवि अपने प्रेमिका को ख़त
भेजता है, लेकिन उसे नहीं पता कि उसने उसे पढ़ा है या
नहीं। कवि अपने प्रेमिका से प्रेम की याचना करता है और
कहता है कि वह उसके बिना नहीं रह सकता हैं वह उसके
प्यार के तड़प को स्वीकार करे और पवित्र रुपी प्यार के
भवर में उसे डूबोकर उसे तृप्त कर इस संसार से मुक्त
करे ताकि वह अंतिम छण में कुछ पल ही सही मगर खुद
को भाग्यशाली अनुरागी समझे ।

कविता की पंक्तियों की व्याख्या

1. "ये दिन अब रंज सा लग रहा है": कवि कहता है कि उसके दिन अब उदास और दुखी हो गए हैं। वह अपने प्रेमिका की याद में परेशान है।

2. "अहोरात्र तुम्हारी नालिश कर रहा है": कवि कहता है कि वह दिन-रात अपने प्रेमिका की शिकायत कर रहा है। वह अपने प्रेमिका से बात करना चाहता है और अपनी भावनाएं व्यक्त करना चाहता है।

3. "मेरे भेजे कपोत का खत तुम्हे मिला क्या?": कवि कहता है कि उसने अपने प्रेमिका को एक पत्र भेजा है, लेकिन उसे नहीं पता कि प्रेमिका ने उसे पढ़ा है या नहीं। वह अपने प्रेमिका की प्रतिक्रिया का इंतजार कर रहा है।

4. "तुम मुझसे खफा क्यों हो अब उसपे ए'तिबार भी करो": कवि कहता है कि उसकी प्रेमिका उससे नाराज है और वह नहीं जानता कि क्यों। वह अपने प्रेमिका से अनुरोध करता है कि वह उसकी बात पर ध्यान दे और उसे समझने की कोशिश करे।

5. "नही इलावा कोई और तुम्हारे मेरे उर को अब इल्तिफ़ात करो": कवि कहता है कि वह अपने प्रेमिका के अलावा किसी और की ओर ध्यान नहीं देता हैं। वह अपने प्रेमिका से अनुरोध करता है कि वह उसकी भावनाओं को समझे और उसकी ओर ध्यान दे।

6. "सुन रही हो न तुम ! कही तुमने उसे गरल तो नही दिया": कवि कहता है कि क्या उसकी प्रेमिका ने भेजे उसके कपोत (कबूतर) को जहर तो नहीं दिया उसने उस जहर को उदक (पानी)समझकर पी तो नहीं लिया , कवि डर रहा की उसकी प्रेमिका इतनी निर्दयी कैसे हो सकती हैं ? कवि ने इस बात की पुष्टि नहीं किया की उसका कपोत

जीवित हैं या मृत मगर उसकी भावनाओ से पता चलता हैं की वह उससे गहरा प्रेम करता हैं। अंततः वह अपने प्रेमिका से अनुरोध करता है कि वह उसकी भावनाओं को नष्ट न करे।

7. "हर घूंट को उदक समझ पीया मुझे बिन तुम्हारे बेकरार कर": कवि कहता है कि वह अपने प्रेमिका के बिना परेशान है और उसकी यादें उसे अहोरात्र सता रही है जिसके कारण उसे उदक भी गरल की तरह लग रहा हैं और हर पल घूँट - घूँट कर जी रहा है और उस पल को वह अपने जीवन का आधार समझ रहा हैं।

8. "तुम्हें तवज्जोह वफ़ा का मिला क्या?": कवि कहता है कि क्या उसका प्रेमिका उसे प्रेम और वफादारी का एहसास दिला रही है। वह उससे अनुरोध करता है कि वह उसकी भावनाओं को समझे और उसे अहमियत दे ताकि दोनों का पवित्र प्यार एक नए मकाम पर पहुँचे और संसार को एक नए पवित्र प्रेम से परिचित करा पाए ।

9. "मेरे जराहत अब भर नही रहे तुम छूकर उसे इक्तिफ़ा कर दो": कवि कहता है कि उसके घाव अब नहीं भर रहे हैं और उसकी प्रेमिका उसे छूकर उन्हें भर सकती है। वह उससे अनुरोध करता है कि वह उसकी भावनाओं को समझे और उसे सांत्वना दे।

10. "मैं ठहरा नावाकिफ मुझसे मुख्तलिफ न हो": कवि कहता है कि वह अनजान है उससे अलग न हो उसके भावनाओं को समझो और उसे प्रेम का सहारा दो ताकि वह परिपक्वता से तुम्हारे प्यार के समन्दर में डूबकर एक हो जाए और खुद को तुमसे विपरित और विवश न समझे।

11. "मेरे उर में वफ़ा की पेशकब्ज से आघात न करो": कवि कहता है कि उसकी प्रेमिका उसके उर (दिल) में वफादारी की भावना को नष्ट न करे।

12. "कही तुम्हारी काया भी हिज्र में राख न हो": कवि कहता है कि जिस तरह से मैं तड़प रहा हूँ तुम्हारे वियोग में एक दिन इसी वियोग की आह ! कहीं तुम्हे न लग जाए और तुम भी प्रियतम इस वियोग में न पड़ जाओ । अंततः वह अपने प्रेमी की भावनाओं को समझने की कोशिश करती है।

13. "मैं जा रहा हु मेरे कपोत को लिए तुम कही और सराय बना रही": कवि कहता है कि वह जा रहा है अपने प्यारे कपोत को लिए तुमसे दूर और कहता हैं " कही ऐसी जगह सराय बनाऊ जहां तुम जैसीं शातिर प्रेमिका न हो " वह अपने प्रेमिका से अलग हो रहा है क्योंकि उसकी प्रेमिका ने उसे धोखा दिया हैं ।

14. "श्लोक की उल्फ़त को बातिल सा बता रही": कवि कहता है कि उसका प्रेम उसकी भावना को नष्ट कर रहा है। वह अपने प्रेमिका से अनुरोध करता है कि उसके साथ रहे और उससे गहरा प्रेम करे और प्रेम की भावना को बनाए रखे।

कविता में प्रयोग किए गए शब्दों के अर्थ और व्याख्या की विस्तृत व्याख्या

1. रंज: रंज का अर्थ है उदासी, दुख या परेशानी। कवि कहता है कि उसके दिन अब उदास और दुखी हो गए हैं, जिसका अर्थ है कि वह अपने प्रेमिका से अलग होने के

कारण दुखी है।

2. नालिश: नालिश का अर्थ है शिकायत या गिला। कवि कहता है कि वह दिन-रात अपने प्रेमिका की शिकायत कर रहा है, जिसका अर्थ है कि वह अपने प्रेमिका से नाराज है और अपनी भावनाएं व्यक्त करना चाहता है।

3. कपोत: कपोत का अर्थ है कबूतर, लेकिन यहाँ इसका अर्थ पत्र या संदेश है। कवि कहता है कि उसने अपने प्रेमिका को एक पत्र भेजा है, जिसका अर्थ है कि वह अपने प्रेमिका से संवाद करना चाहता है।

4. खफा: खफा का अर्थ है नाराज या अप्रसन्न। कवि कहता है कि उसकी प्रेमिका उससे नाराज है, जिसका अर्थ है कि उनके बीच कुछ गलतफहमी या विवाद है।

5. ए'तिबार: ए'तिबार का अर्थ है विश्वास, भरोसा या सम्मान। कवि चाहता है कि उसकी प्रेमिका उसकी बात पर ध्यान दे और उसे समझने की कोशिश करे, जिसका अर्थ है कि वह अपने प्रेमिका से समझ और समर्थन चाहता है।

6. इल्तिफ़ात: इल्तिफ़ात का अर्थ है ध्यान, तवज्जो या प्रेम। कवि कहता है कि वह अपने प्रेमिका के अलावा किसी और की ओर ध्यान नहीं देता, जिसका अर्थ है कि वह उसके के प्रति पूरी तरह से समर्पित है।

7. बेकरार: बेकरार का अर्थ है परेशान, बेसब्र या अधीर। कवि कहता है कि वह अपने प्रेमिका के बिना परेशान है, जिसका अर्थ है कि वह अपने प्रेमिका की याद में जी रहा है और उसके बिना नहीं रह सकता।

8. तवज्जोह: तवज्जोह का अर्थ है ध्यान, तवज्जो या प्रेम। कवि कहता है कि क्या उसका प्रेमिका उसे प्रेम और वफादारी का एहसास दिला रहा है, जिसका अर्थ है कि वह

अपने प्रेमिका से प्रेम और समर्थन चाहता है।

9. वफ़ा: वफ़ा का अर्थ है प्रेम, वफादारी या निष्ठा। कवि कहता है कि वह अपने प्रेमिका से प्रेम और वफादारी की उम्मीद करता है, जिसका अर्थ है कि वह अपने प्रेमिका के प्रति पूरी तरह से समर्पित है और उससे भी यही उम्मीद करता है।

10. जराहत: जराहत का अर्थ है घाव या चोट। कवि कहता है कि उसके घाव अब नहीं भर रहे हैं, जिसका अर्थ है कि वह अपने प्रेमिका के बिना दुखी और पीड़ित है।

11. इक्तिफ़ा: इक्तिफ़ा का अर्थ है संतुष्टि, तसल्ली या समाधान। कवि कहता है कि उसकी प्रेमिका उसे छूकर उसके घावों को भर सकती है,

12. मुख्तलिफ: मुख्तलिफ का अर्थ है अलग, भिन्न या विभिन्न। कवि कहता है कि उसका प्रेम उसकी प्रेमिका के लिए अलग नहीं जिसका अर्थ है कि वह अपने प्रेमिका के साथ एकता और सामंजस्य चाहता है।

13 . हिज्र: हिज्र का अर्थ है वियोग, अलगाव या विरह। कवि कहता है कि कहीं उसकी प्रेमिका भी वियोग में न पड़ जाए, जिसका अर्थ है कि वह अपने प्रेमिका की भावनाओं को समझता है और उसके साथ एकता बनाए रखना चाहता है।

14. उल्फ़त: उल्फ़त का अर्थ है प्रेम, मित्रता या स्नेह। कवि कहता है कि उसका प्रेमी प्रेम की भावना को नष्ट कर रहा है, जिसका अर्थ है कि वह अपने प्रेमिका के व्यवहार से दुखी है और नहीं समझती कि उसका प्रेमी ऐसा क्यों कर रहा है

15. छतिग्रस्त: छतिग्रस्त का अर्थ है नष्ट, क्षतिग्रस्त या आहत। कवि कहता है कि उसका प्रेम उसे नष्ट कर रहा है, जिसका अर्थ है कि वह अपने प्रेमिका के व्यवहार से आहत और दुखी है।

16. मृतचैल: मृतचैल का अर्थ है मृत, मरा हुआ या निर्जीव। कवि कहता है कि उसका प्रेमी उसे मरा हुआ समझ रहा है, जिसका अर्थ है कि वह अपने प्रेमिका के व्यवहार से दुखी है और महसूस करती है कि उसका प्रेमी उसे अब नहीं चाहता।

17. बे-मुरव्वत: बे-मुरव्वत का अर्थ है बेरहम, निर्दयी या क्रूर। कवि कहता है कि उसका प्रेमी बेरहम है और उसे वापस अपने पास नहीं आने दे रहा है, जिसका अर्थ है कि वह अपने प्रेमिका से दुखी है और उसका प्रेमी उसके प्रति कोई दया या करुणा नहीं दिखा रहा है।

18. आगार: आगार का अर्थ है घर, आश्रय या निवास। कवि कहता है कि उसका प्रेमी उसे वापस अपने घर नहीं आने दे रहा है, जिसका अर्थ है कि प्रेमिका अपने प्रेमी के घर (हयात) में फिर से प्रवेश पाने की कोशिश कर रही है, लेकिन उसका प्रेमी उसे अस्वीकार कर रहा है।

10. मणिपुर ए छीजन (नारी अबला नहीं सबला)

नारी का विशेष स्थान

यदि ऐसा नहीं तो नही उत्थान

युगों - युगांतर से हम सब ने यह जाना

नारी ही वीरता की मूरत माना

नारी अबला नहीं सबला

अबला अक्स का ध्वंस कर बनी वीर बाला

सबला की गाथा , सुने ये इहलोक वाला

ऐसी उत्कृष्टता, ऐसी वीरता लागे मधुबनशाला

उस रात कहां तुम सोये थे

जिस रात्रि मैं रोई थी

कोई नही बचाने वाला

जब उन दरिंदों ने मेरी इज़्ज़त पर हाथ डाला

कहा गईं तुम्हारी मर्दानी , क्या सो गये थे

बोझ समझकर उन चीखों को ढो गये थे

कब तक सहन करेगी , ये लेकर कलंक काला

इन दरिंदो ने तो , बाला पर भी हाथ डाला

निर्वस्त्र कर हमारे वजूद का कत्ल कर डाला

वीरान हो गया हमारा शहर , एक पल में बिखर गए सब
ख्वाब हमारें

ऐसा छाया हर तरफ अंधेरा , हमारा इस्मत खत्म कर

डाला

ये सरकार की अंधी आंखे, सिर्फ हमारे आबरू को झांके

सब ख़्वाब कुरेद डाला

मणिपुर ए अस्तित्व छीजन कर डाला

सुनो नारी इतना भी कमजोर नहीं

जब - जब धारण की काली, लक्ष्मीबाई की काया

लटका दी गले में कंकालों की साया

सुनो ए स्वार्थ के कीड़े !

इतना भी अधिकार कम नही

जो कली तक नहीं बन पायी

ओ आजादी कैसी जब मधुबन भी न बन पायी

छीन लो इस व्यर्थ आजादी को

जो अधिकार , सम्मान न दिला सके

ऐसी त्याग , परित्याग का क्या आशय

जो अपने उन्मुक्तों से ना मिला सके

कविता का विश्लेषण:-

यह कविता नारी की वीरता और शक्ति की बात करती है, लेकिन साथ ही साथ नारी के साथ होने वाले अत्याचारों और अन्याय की भी बात करती है। कविता में नारी की स्थिति का वर्णन करते हुए कहा गया है कि नारी को वीरता की मूरत माना जाता है, लेकिन वास्तव में नारी के साथ होने वाले अत्याचारों और अन्याय की घटनाएं बढ़ रही हैं। कविता में मणिपुर जैसी घटनाओं का उल्लेख किया गया है, जहां नारी के साथ अत्याचार और अन्याय की घटनाएं हुई हैं। कविता में कहा गया है कि नारी की

इज़्ज़त पर हाथ डालने वाले दरिंदों को सरकार की अंधी आंखें नहीं देख पा रही हैं। कविता में नारी की शक्ति और वीरता की बात करते हुए कहा गया है कि नारी इतना भी कमजोर नहीं है, जब-जब उसने अपनी शक्ति का प्रदर्शन किया है, उसने अपने अधिकारों के लिए लड़ाई लड़ी है। कविता में लक्ष्मीबाई जैसी वीर नारियों का उल्लेख किया गया है, जिन्होंने अपने अधिकारों के लिए लड़ाई लड़ी और अपनी वीरता का प्रदर्शन किया। कविता में यह भी कहा गया है कि नारी को सम्मान और अधिकार दिलाने वाली आजादी का क्या अर्थ है, अगर वह नारी के साथ होने वाले अत्याचारों और अन्याय को नहीं रोक सकती है। कविता में नारी के अधिकारों और सम्मान की लड़ाई लड़ने का आह्वान किया गया है।

कविता की सबसे अच्छी पंक्तियों का विस्तृत विश्लेषण:-

1. "नारी ही वीरता की मूरत माना": इस पंक्ति में नारी की वीरता और शक्ति की बात की गई है। कवि ने नारी को वीरता की मूरत माना है, जो नारी की शक्ति और साहस को दर्शाता है।

2. "सुनो नारी इतना भी कमजोर नहीं जब - जब धारण की काली, लक्ष्मीबाई की काया": इस पंक्ति में नारी की शक्ति और वीरता को उजागर किया गया है। कवि ने नारी की तुलना काली और लक्ष्मीबाई जैसी वीर नारियों से की है, जिन्होंने अपने अधिकारों के लिए लड़ाई लड़ी और अपनी वीरता का प्रदर्शन किया।

3. "वीरान हो गया हमारा शहर, एक पल में बिखर गए सब ख़्वाब हमारें": इस पंक्ति में नारी के साथ होने वाले अत्याचारों के प्रभाव को दर्शाया गया है। कवि ने बताया है कि कैसे नारी के साथ होने वाले अत्याचारों ने उनके शहर को वीरान कर दिया और उनके सारे सपने बिखर गए।

4. "ये सरकार की अंधी आंखे, सिर्फ हमारे आबरू को झांके": इस पंक्ति में सरकार की उदासीनता को उजागर किया गया है। कवि ने बताया है कि सरकार की आंखें नारी के साथ होने वाले अत्याचारों को देखने में असमर्थ हैं और केवल उनके आबरू को ही देखती हैं।

5. "छीन लो इस व्यर्थ आजादी को जो अधिकार, सम्मान न दिला सके": इस पंक्ति में नारी के अधिकारों और सम्मान की लड़ाई लड़ने का आह्वान किया गया है। कवि ने बताया है कि अगर आजादी नारी को अधिकार और सम्मान नहीं दिला सकती है, तो ऐसी आजादी का क्या अर्थ है।

6. "ऐसी त्याग, परित्याग का क्या आशय जो अपने उन्मुक्तों से ना मिला सके": इस पंक्ति में नारी के त्याग और बलिदान को उजागर किया गया है। कवि ने बताया है कि नारी के त्याग और बलिदान का क्या अर्थ है अगर वह अपने अधिकारों और सम्मान को नहीं प्राप्त कर सकती है।

7. "ओ आजादी कैसी जब मधुबन भी न बन पायी": इस पंक्ति में कवि ने आजादी की सार्थकता पर प्रश्न उठाया है। अगर आजादी नारी को सम्मान और अधिकार नहीं दिला सकती है, तो ऐसी आजादी का क्या अर्थ है।

8. *"नारी अबला नहीं सबला"*: इस पंक्ति में नारी की शक्ति और सामर्थ्य को उजागर किया गया है। कवि ने बताया है कि नारी अबला नहीं है, बल्कि सबला है, जो अपने अधिकारों के लिए लड़ सकती है।

9. *"अबला अक्स का ध्वंस कर बनी वीर बाला"*: इस पंक्ति में नारी की वीरता और शक्ति को दर्शाया गया है। कवि ने बताया है कि नारी ने अपनी शक्ति से अपने अक्स को ध्वंस कर दिया और वीर बाला बन गई।

10. *"कब तक सहन करेगी, ये लेकर कलंक काला"*: इस पंक्ति में नारी के साथ होने वाले अत्याचारों के प्रति आक्रोश व्यक्त किया गया है। कवि ने बताया है कि नारी कब तक इन अत्याचारों को सहन करेगी और कलंक का बोझ ढोएगी।

11. *"इन दरिंदो ने तो, बाला पर भी हाथ डाला"*: इस पंक्ति में नारी के साथ होने वाले अत्याचारों की निंदा की गई है। कवि ने बताया है कि दरिंदों ने नारी पर भी हाथ डाला, जो अत्यंत निंदनीय है।

12. *"निर्वस्त्र कर हमारे वजूद का कत्ल कर डाला"*: इस पंक्ति में नारी के साथ होने वाले अत्याचारों के प्रभाव को दर्शाया गया है। कवि ने बताया है कि अत्याचारों ने नारी के वजूद का कत्ल कर दिया और उन्हें निर्वस्त्र कर दिया। " इन पंक्तियों में नारी की शक्ति, वीरता, और अधिकारों की बात की गई है, साथ ही साथ नारी के साथ होने वाले अत्याचारों और अन्याय की भी बात की गई है। कविता में नारी के अधिकारों और सम्मान की लड़ाई लड़ने का आह्वान एवं वीरता की चर्चा किया गया है। "

कविता के शब्दों का अर्थ और विस्तृत व्याख्या:-

1. नारी: महिला, औरत। कविता में नारी की शक्ति और सामर्थ्य को दर्शाया गया है, जो समाज में एक महत्वपूर्ण भूमिका निभाती है।

2. वीरता: बहादुरी, साहस। कविता में नारी की वीरता और साहस को उजागर किया गया है, जो उसे चुनौतियों का सामना करने में सक्षम बनाता है।

3. मूरत: प्रतिमा, मूर्ति। कविता में नारी को वीरता की मूरत के रूप में दर्शाया गया है, जो उसकी शक्ति और सामर्थ्य को दर्शाता है।

4. अबला: कमजोर, असहाय। कविता में अबला शब्द का उपयोग नारी की पारंपरिक छवि को तोड़ने के लिए किया गया है, जो उसे मजबूत और शक्तिशाली दर्शाता है।

5. सबला: मजबूत, शक्तिशाली। कविता में नारी को सबला के रूप में दर्शाया गया है, जो अपनी शक्ति और सामर्थ्य को दर्शाती है और समाज में एक महत्वपूर्ण भूमिका निभाती है।

6. अक्स: छवि, प्रतिमा। कविता में अक्स शब्द का उपयोग नारी की छवि को दर्शाने के लिए किया गया है, जो उसकी शक्ति और सामर्थ्य को दर्शाता है।

7. ध्वंस: नाश, विनाश। कविता में ध्वंस शब्द का उपयोग अत्याचार और अन्याय के नाश के लिए किया गया है, जो नारी के अधिकारों की लड़ाई में एक महत्वपूर्ण कदम है।

8. वीर बाला: बहादुर महिला। कविता में वीर बाला शब्द का उपयोग नारी की बहादुरी और साहस को दर्शाने के लिए किया गया है, जो उसे चुनौतियों का सामना करने में

सक्षम बनाता है।

9. मधुबन: सुख, शांति का स्थान। कविता में मधुबन शब्द का उपयोग सुख और शांति के प्रतीक के रूप में किया गया है, जो नारी के जीवन में एक महत्वपूर्ण पहलू है।

10. दरिंदे: जंगली जानवर, अत्याचारी। कविता में दरिंदे शब्द का उपयोग अत्याचारियों को दर्शाने के लिए किया गया है, जो नारी के अधिकारों का हनन करते हैं।

11. इज़्जत: सम्मान, प्रतिष्ठा। कविता में इज़्जत शब्द का उपयोग नारी के सम्मान और प्रतिष्ठा को दर्शाने के लिए किया गया है, जो समाज में एक महत्वपूर्ण मूल्य है।

12. मर्दानी: पुरुषत्व, बहादुरी। कविता में मर्दानी शब्द का उपयोग बहादुरी और साहस को दर्शाने के लिए किया गया है, जो नारी में भी हो सकता है।

13. कलंक: बदनामी, अपमान। कविता में कलंक शब्द का उपयोग नारी के साथ होने वाले अत्याचार और अन्याय को दर्शाने के लिए किया गया है, जो उसके सम्मान और प्रतिष्ठा को ठेस पहुंचाता है।

14. बाला: महिला, औरत। कविता में बाला शब्द का उपयोग नारी को दर्शाने के लिए किया गया है, जो समाज में एक महत्वपूर्ण भूमिका निभाती है।

15. वजूद: अस्तित्व, पहचान। कविता में वजूद शब्द का उपयोग नारी के अस्तित्व और पहचान को दर्शाने के लिए किया गया है, जो समाज में एक महत्वपूर्ण पहलू है।

16. कत्ल: हत्या, विनाश। कविता में कत्ल शब्द का उपयोग अत्याचार और अन्याय के विनाश को दर्शाने के लिए किया गया है, जो नारी के अधिकारों की लड़ाई में एक महत्वपूर्ण कदम है।

17. *वीरान: सुनसान, उजाड़। कविता में वीरान शब्द का उपयोग अत्याचार और अन्याय के प्रभाव को दर्शाने के लिए किया गया है, जो नारी के जीवन को प्रभावित करता है।*

18. *आबरू: सम्मान, प्रतिष्ठा। कविता में आबरू शब्द का उपयोग नारी के सम्मान और प्रतिष्ठा को दर्शाने के लिए किया गया है, जो समाज में एक महत्वपूर्ण मूल्य है।*

19. *अंधी आंखे: उदासीनता, अनदेखी। कविता में अंधी आंखे शब्द का उपयोग अत्याचार और अन्याय के प्रति उदासीनता को दर्शाने के लिए किया गया है, जो नारी के अधिकारों का हनन करता है।*

20. *काली: शक्ति की देवी। कविता में काली शब्द का उपयोग शक्ति और सामर्थ्य को दर्शाने के लिए किया गया है, जो नारी में हो सकता है।*

21. *लक्ष्मीबाई: झांसी की रानी, वीर नारी। कविता में लक्ष्मीबाई का उल्लेख वीर नारी के रूप में किया गया है, जो अपनी बहादुरी और साहस के लिए जानी जाती है।*

22. *कंकाल: हड्डियों का ढांचा। कविता में कंकाल शब्द का उपयोग मृत्यु और विनाश को दर्शाने के लिए किया गया है, जो अत्याचार और अन्याय के प्रभाव को दर्शाता है।*

23. *स्वार्थ: आत्म-हित, व्यक्तिगत लाभ। कविता में स्वार्थ शब्द का उपयोग आत्म-हित और व्यक्तिगत लाभ को दर्शाने के लिए किया गया है, जो नारी के अधिकारों की लड़ाई में एक महत्वपूर्ण पहलू है।*

24. *कीड़े: छोटे जीव, महत्वहीन व्यक्ति। कविता में कीड़े शब्द का उपयोग महत्वहीन व्यक्तियों को दर्शाने के लिए किया गया है, जो नारी के अधिकारों का हनन करते हैं।*

25. कली: फूल की कली, विकास की शुरुआत। कविता में कली शब्द का उपयोग विकास की शुरुआत को दर्शाने के लिए किया गया है, जो नारी के जीवन में एक महत्वपूर्ण पहलू है।

26. मधुबन: सुख, शांति का स्थान। कविता में मधुबन शब्द का उपयोग सुख और शांति के प्रतीक के रूप में किया गया है, जो नारी के जीवन में एक महत्वपूर्ण पहलू है।

27. आजादी: स्वतंत्रता, स्वाधीनता। कविता में आजादी शब्द का उपयोग स्वतंत्रता और स्वाधीनता को दर्शाने के लिए किया गया है, जो नारी के अधिकारों की लड़ाई में एक महत्वपूर्ण पहलू है।

28. त्याग: बलिदान, त्यागना। कविता में त्याग शब्द का उपयोग बलिदान और त्याग को दर्शाने के लिए किया गया है, जो नारी के जीवन में एक महत्वपूर्ण पहलू है।

29. परित्याग: त्यागना, छोड़ना। कविता में परित्याग शब्द का उपयोग त्यागने और छोड़ने को दर्शाने के लिए किया गया है, जो नारी के जीवन में एक महत्वपूर्ण पहलू है।

11. बरेदी

एक हैं जरिया, दिन दुपहरिया
समंदर की भांति उर हैं दरिया
पशुओं को लेकर चल दिया बरेदी
एक बेरा खेवत खलियान,
पहने कपड़े आध
दूजी बेरा चल दिया चराने
भैंस के पगही बांध
ओ! बरेदी क्या हयात में यही तुम्हारे
कभी खुद को भी मुकुर में संवारे
तुम्हारी चाल है गोपियों भांति
लगता , मर्दाना काम न आती
खफा न हो ये चाल भी
समाज को दीमक की तरह खाती
ओ ! बरेदी
तुम एक वीर पुरुष
तुममें हैं एक नई उमंग, हर वक्त
चलते पशुओं के संग
मगर हयात में तनिक भी नही तरंग
चरवाही कर करता गुजारा
नही ज़ीस्त में कोई और सहारा
यातना भी दब गई , उम्मीदों के किरण में
कही भी सराय नही

यातना के सिवा हैं नही कुछ ,
मगर सप्राण हैं ए'तिबार कही
हयात में सिर्फ तम , इश्तियाक़,
तकल्लुफ़ , तड़प ही
ओ! बरेदी
तुम कोई और नहीं ,
तुम्हारा वजूद है कई
मत समझना खुद को सिर्फ एक बरेदी
तुम एक वीर पुरुष ,हैं तुममें पुरुषत्व
" यह कविता बरेदी (एक जाति जो पशुपालन करती है) के जीवन को दर्शाती है। कविता में बरेदी के जीवन की कठिनाइयों और चुनौतियों का वर्णन किया गया है, जो अपने पशुओं के साथ दिन-रात काम करता है। "

कविता के कुछ मुख्य बिंदु हैं:-

- बरेदी का जीवन कठिनाइयों से भरा हुआ है, लेकिन वह अपने काम में लगा रहता है।
- बरेदी के पास कोई अन्य सहारा नहीं है, और वह अपने पशुओं के साथ ही अपना जीवन व्यतीत करता है।
- बरेदी के जीवन में यातना और दर्द है, लेकिन वह उम्मीद नहीं खोता है।
- कविता में बरेदी को एक वीर पुरुष के रूप में दर्शाया गया है, जो अपने काम में लगा रहता है और अपने जीवन को सुधारने के लिए निरंतर संघर्ष करता है।

कविता में कुछ प्रतीक और रूपक हैं जो बरेदी के जीवन को दर्शाते हैं:-

- समंदर और दरिया का प्रतीक बरेदी के जीवन की विशालता और गहराई को दर्शाता है।
- पशुओं का प्रतीक बरेदी के काम और जीवन को दर्शाता है।
- खेवत खलियान और पहने कपड़े का प्रतीक बरेदी के जीवन की सादगी और कठिनाइयों को दर्शाता है।

कविता एक बरेदी के जीवन को दर्शाती है, जो अपने पशुओं के साथ दिन-रात काम करता है। कविता के मुख्य बिंदु हैं:-

- **बरेदी का जीवन:** कविता में बरेदी के जीवन की कठिनाइयों और चुनौतियों का वर्णन किया गया है, जो अपने पशुओं के साथ दिन-रात काम करता है और उनके दूध को बेंच कर ही वह जीविकोपार्जन कर पाता हैं ।
- **संघर्ष और उम्मीद:** बरेदी के जीवन में यातना और दर्द है, लेकिन वह उम्मीद नहीं खोता है और अपने जीवन को सुधारने के लिए निरंतर संघर्ष और अपने काम के प्रति एक गहन इमानदारी रखता हैं।
- **सामाजिक संदेश:** कविता का संदेश यह है कि बरेदी जैसे लोगों को भी सम्मान और पहचान मिलनी चाहिए, जो अपने काम में लगे रहते हैं और अपने जीवन को सुधारने के लिए संघर्ष करते हैं।

कविता में प्रयोग किए गए प्रतीक और रूपक भी महत्त्वपूर्ण हैं:

- समंदर और दरिया: बरेदी के जीवन की विशालता और गहराई को दर्शाता है जो शीतलता और इमानदारी उसके काम और उसके हाव-भाव से पता चल पा रहा हैं।
- पशुओं: पशुओं से तात्पर्य यह हैं की कोई भी काम छोटा या बड़ा नहीं होता हैं उसको यदि हम इमानदारी और सच्ची निष्ठा से करे तो वह काम हमें संपन्न एवं योग्य बना सकता हैं , यह बरेदी के काम और जीवन को दर्शाता है।

कविता का महत्व इस प्रकार है[2]:

- जीवन की प्रेरणा: कविता जीवन जीने की प्रेरणा देती है और संघर्षों के दौरान सफलता के रथ का सारथी बनती है।
- सामाजिक जागरूकता: कविता सामाजिक मुद्दों पर जागरूकता बढ़ाती है और लोगों को अपने अधिकारों के लिए लड़ने के लिए प्रेरित करती है।

कविता की कुछ प्रमुख पंक्तियाँ और उनकी व्याख्या निम्नलिखित हैं:

1. "एक हैं जरिया, दिन दुपहरिया समंदर की भांति उर हैं दरिया"
अर्थ: बरेदी का जीवन एक समंदर की तरह है, जिसमें दरिया की तरह गहराई और विशालता है।

व्याख्या: इस पंक्ति में बरेदी के जीवन की विशालता और गहराई को दर्शाया गया है। समंदर और दरिया का प्रतीक बरेदी के जीवन की जटिलता और गहराई को दर्शाता है।

2. "तुम्हारी चाल है गोपियों भांति लगता, मर्दाना काम न आती"

अर्थ: बरेदी की चाल गोपियों जैसी लगती है, जो मर्दाना काम के लिए उपयुक्त नहीं है।

व्याख्या: इस पंक्ति में बरेदी की चाल को गोपियों जैसी बताया गया है, जो उनकी मर्दाना पहचान को लेकर सवाल उठाती है। यह पंक्ति बरेदी के लिंग और पहचान के बारे में समाज की अपेक्षाओं को दर्शाती है।

3. "बरेदी तुम एक वीर पुरुष तुममें हैं एक नई उमंग"

अर्थ: बरेदी एक वीर पुरुष है, जिसमें एक नई उमंग और उत्साह है।

व्याख्या: इस पंक्ति में बरेदी को एक वीर पुरुष के रूप में दर्शाया गया है, जो अपने काम में उत्साह और उमंग से भरा हुआ है। यह पंक्ति बरेदी की बहादुरी और उत्साह को दर्शाती है।

4. "मगर हयात में तनिक भी नही तरंग"

अर्थ: लेकिन बरेदी के जीवन में कोई तरंग या उत्साह नहीं है।

व्याख्या: इस पंक्ति में बरेदी के जीवन की एकरसता और उत्साह की कमी को दर्शाया गया है। यह पंक्ति बरेदी के जीवन की कठिनाइयों और चुनौतियों को दर्शाती है।

5. "यातना भी दब गई, उम्मीदों के किरण में कही भी सराय नही"

अर्थ: बरेदी के जीवन में यातना और दर्द है, लेकिन

उम्मीद की किरण में भी कोई सराय नहीं है।

व्याख्या: इस पंक्ति में बरेदी के जीवन की कठिनाइयों और यातना को दर्शाया गया है, जो उम्मीद की किरण में भी कोई आराम नहीं देती। यह पंक्ति बरेदी के जीवन की वास्तविकता को दर्शाती है।

6. "बरेदी तुम कोई और नहीं, तुम्हारा वजूद है कई"

अर्थ: बरेदी सिर्फ एक बरेदी नहीं है, बल्कि उसका वजूद कई पहलुओं से बना हुआ है।

व्याख्या: इस पंक्ति में बरेदी के वजूद की विविधता और जटिलता को दर्शाया गया है, जो उसे सिर्फ एक बरेदी से अधिक बनाती है।

7. "हर वक्त चलते पशुओं के संग"

अर्थ: बरेदी हर वक्त पशुओं के साथ चलते हैं।

व्याख्या: इस पंक्ति में बरेदी के जीवन को पशुओं के साथ जोड़कर दिखाया गया है, जो उनकी आजीविका का मुख्य स्रोत हैं।

8. "चरवाही कर करता गुजारा नही ज़ीस्त में कोई और सहारा"

अर्थ: बरेदी चरवाही करके अपना जीवन यापन करता है, और उसके पास कोई अन्य सहारा नहीं है।

व्याख्या: इस पंक्ति में बरेदी के जीवन की सादगी और कठिनाइयों को दर्शाया गया है, जो अपनी आजीविका के लिए चरवाही पर निर्भर है।

9. "यातना के सिवा हैं नही कुछ, मगर सप्राण हैं ए'तिबार"

अर्थ: बरेदी के जीवन में यातना के अलावा कुछ नहीं है, लेकिन फिर भी वह जीवंत और सजीव है।

व्याख्या: इस पंक्ति में बरेदी के जीवन की कठिनाइयों

और यातना को दर्शाया गया है, लेकिन साथ ही उनकी जीवंतता और सजीवता को भी दर्शाया गया है।

10. "कही हयात में सिर्फ तम, इश्तियाक़, तकल्लुफ़, तड़प ही"

अर्थ: बरेदी के जीवन में सिर्फ अंधकार, इच्छा, शिष्टाचार, और दर्द है।

व्याख्या: इस पंक्ति में बरेदी के जीवन की जटिलता और कठिनाइयों को दर्शाया गया है, जो अंधकार, इच्छा, शिष्टाचार, और दर्द से भरा हुआ है।

11. "मत समझना खुद को सिर्फ एक बरेदी"

अर्थ: बरेदी को खुद को सिर्फ एक बरेदी नहीं समझना चाहिए।

व्याख्या: इस पंक्ति में बरेदी को अपनी पहचान और वजूद को समझने के लिए प्रेरित किया गया है, जो सिर्फ एक बरेदी से अधिक है।

कविता में प्रयोग किए गए शब्दों के अर्थ और व्याख्या निम्नलिखित हैं:-

1. जरिया: अर्थ - साधन, माध्यम।

व्याख्या: कविता में जरिया शब्द का उपयोग बरेदी के जीवन को दर्शाने के लिए किया गया है। जरिया शब्द का अर्थ है साधन या माध्यम, जो बरेदी के जीवन को समझने के लिए एक महत्वपूर्ण पहलू है।

2. हयात: अर्थ - जीवन, जिंदगी।

व्याख्या: कविता में हयात शब्द का उपयोग बरेदी के जीवन की कठिनाइयों और चुनौतियों को दर्शाने के लिए

किया गया है। हयात शब्द का अर्थ है जीवन या जिंदगी, जो बरेदी के जीवन की वास्तविकता को दर्शाता है।

3. मुकुर: अर्थ - आईना, दर्पण।

व्याख्या: कविता में मुकुर शब्द का उपयोग बरेदी के आत्म-निरीक्षण को दर्शाने के लिए किया गया है। मुकुर शब्द का अर्थ है आईना या दर्पण, जो बरेदी के आत्म-निरीक्षण को दर्शाता है।

4. गोपियों: अर्थ - ग्वालिनें, दूध बेचने वाली महिलाएं।

व्याख्या: कविता में गोपियों शब्द का उपयोग बरेदी की चाल को दर्शाने के लिए किया गया है, जो गोपियों जैसी लगती है। गोपियों शब्द का अर्थ है ग्वालिनें या दूध बेचने वाली महिलाएं, जो बरेदी की चाल को समझने के लिए एक महत्वपूर्ण पहलू है।

5. दीमक: अर्थ - एक प्रकार का कीड़ा जो लकड़ी को खाता है।

व्याख्या: कविता में दीमक शब्द का उपयोग समाज के नकारात्मक पहलुओं को दर्शाने के लिए किया गया है। दीमक शब्द का अर्थ है एक प्रकार का कीड़ा जो लकड़ी को खाता है, जो समाज के नकारात्मक पहलुओं को दर्शाता है।

6. उमंग: अर्थ - उत्साह, जोश।

व्याख्या: कविता में उमंग शब्द का उपयोग बरेदी के उत्साह और जोश को दर्शाने के लिए किया गया है। उमंग शब्द का अर्थ है उत्साह या जोश, जो बरेदी के जीवन में एक महत्वपूर्ण पहलू है।

7. तरंग: अर्थ - लहर, तरंग।

व्याख्या: कविता में तरंग शब्द का उपयोग बरेदी के जीवन में उत्साह और जोश की कमी को दर्शाने के लिए किया

गया है। तरंग शब्द का अर्थ है लहर या तरंग, जो बरेदी के जीवन में उत्साह और जोश की कमी को दर्शाता है।

8. ज़ीस्त: अर्थ - जीवन, जिंदगी।

व्याख्या: कविता में ज़ीस्त शब्द का उपयोग बरेदी के जीवन की कठिनाइयों और चुनौतियों को दर्शाने के लिए किया गया है। ज़ीस्त शब्द का अर्थ है जीवन या जिंदगी, जो बरेदी के जीवन की वास्तविकता को दर्शाता है।

9. यातना: अर्थ - दर्द, पीड़ा।

व्याख्या: कविता में यातना शब्द का उपयोग बरेदी के जीवन में दर्द और पीड़ा को दर्शाने के लिए किया गया है। यातना शब्द का अर्थ है दर्द या पीड़ा, जो बरेदी के जीवन में एक महत्वपूर्ण पहलू है।

10. सप्राण: अर्थ - जीवंत, सजीव।

व्याख्या: कविता में सप्राण शब्द का उपयोग बरेदी के जीवन में जीवंतता और सजीवता को दर्शाने के लिए किया गया है। सप्राण शब्द का अर्थ है जीवंत या सजीव,

11. ए'तिबार: अर्थ - विश्वास, भरोसा।

व्याख्या: कविता में ए'तिबार शब्द का उपयोग बरेदी के जीवन में विश्वास और भरोसे को दर्शाने के लिए किया गया है। ए'तिबार शब्द का अर्थ है विश्वास या भरोसा, जो बरेदी के जीवन में एक महत्वपूर्ण पहलू है।

12. तम: अर्थ - अंधकार, अज्ञान।

व्याख्या: कविता में तम शब्द का उपयोग बरेदी के जीवन में अंधकार और अज्ञान को दर्शाने के लिए किया गया है। तम शब्द का अर्थ है अंधकार या अज्ञान,

13. तकल्लुफ़: अर्थ - शिष्टाचार, औपचारिकता।

व्याख्या: कविता में तकल्लुफ शब्द का उपयोग बरेदी के

जीवन में शिष्टाचार और औपचारिकता को दर्शाने के लिए किया गया है। तकल्लुफ़ शब्द का अर्थ है शिष्टाचार या औपचारिकता, जो बरेदी के जीवन में एक महत्वपूर्ण पहलू है।

14. तड़प: अर्थ - दर्द, पीड़ा।

व्याख्या: कविता में तड़प शब्द का उपयोग बरेदी के जीवन में दर्द और पीड़ा को दर्शाने के लिए किया गया है। तड़प शब्द का अर्थ है दर्द या पीड़ा,

12. नारी के दुःख का अंत कहां

नारी के दुःख का अंत कहां
सुनसान डगर विरान नगर में
लिए अंक में मन की लाली
तन पे पहनी चिथड़ी साड़ी
सजा रही महलों का ख़्वाब
गली-गली में भटक रही
कहीं धूप तो कहीं पे छाँव
नारी के दुःख का अंत कहां?
तन मटमैला उजला मन है
चांद पर जैसे ग्रहण लगा हो
पुष्प गले के हार बने कब
इसको गूँथे यहां वहां
नारी के दुःख का अंत कहां?
प्रीतम की याद जब आती है
मन ही मन मुस्कुराती हैं
दुर्दिन कैसे आन पड़े
सोच कदम जम जाते है
अब तो इस मोती के दाने
बिखर गए यहां वहां
नारी के दुःख का अंत कहां?

आँखों में जब तक आँसू हैं
नारी को तब तक रोना है
भूल हुई उस बन्दे से
काँटों में फूल पिरोया हैं
अब उसके अपने ही कांटे
उसके ज़ख़्म कुरेद रहे
उफ़, ऐसी क्या भूल हुई
जो भटक रही यहां वहां
नारी के दुःख का अंत कहां?
आह! उसकी पीड़ा को देखो
लिए गोद में बच्चे को
अपने आँसू से भिगो रही
पत्थर की मूर्ति बनके,
गोद में माँ के सोया हैं
सिहर गया उस पल को देख
जब धरा से धरती रूठ गई
दुःख में उसका जन्म हुआ
नूतन में नव युग जागा हैं
फिर भी ऐसे लोग यहां
नारी के दुःख का अंत कहां?

कविता का मुख्य विषयः-

कविता का मुख्य विषय नारी के दुःख और पीड़ा को दर्शाना है, जो समाज में अक्सर अनदेखा किया जाता है। कविता में नारी के जीवन की विभिन्न पहलुओं का वर्णन किया गया है, जैसे कि उसकी आर्थिक स्थिति, सामाजिक

अपेक्षाएं, और व्यक्तिगत संबंधों में समस्याएं।

नारी के दुःख के कारण

कविता में नारी के दुःख के कई कारण बताए गए हैं:-

- आर्थिक असुरक्षा: नारी के पास आर्थिक सुरक्षा नहीं है, जो उसे दुःख और पीड़ा से भर देता है। यह उसकी आर्थिक स्थिति की खराबी को दर्शाता है, जो उसे अपने जीवन की जरूरतों को पूरा करने में असमर्थ बनाता है।

- सामाजिक अपेक्षाएं: समाज नारी से कई अपेक्षाएं रखता है, जो उसे दुःख और पीड़ा से भर देता है। नारी को समाज में कई भूमिकाएं निभानी होती हैं, जैसे कि माँ, पत्नी, और बेटी, जो उसे दबाव और तनाव में डालती हैं।

- व्यक्तिगत संबंधों में समस्याएं: नारी के व्यक्तिगत संबंधों में समस्याएं होती हैं , नारी के संबंधों में समस्याएं उसके जीवन को प्रभावित करती हैं और उसे दुःख और पीड़ा से भर देती हैं।

नारी के दुःख का वर्णन

कविता में नारी के दुःख का वर्णन बहुत ही विस्तार से किया गया है:-

- चिथड़ी साड़ी: नारी के पास पहनने के लिए चिथड़ी साड़ी है, जो उसकी आर्थिक स्थिति की खराबी को दर्शाती है। यह नारी की आर्थिक स्थिति की खराबी को दर्शाता है, जो उसे अपने जीवन की जरूरतों को पूरा करने में असमर्थ बनाता है।

- *महलों का ख़्वाब*: नारी महलों का ख़्वाब देखती है, लेकिन उसकी वास्तविकता बहुत ही अलग है। यह नारी के सपनों और आकांक्षाओं को दर्शाता है, जो उसकी वास्तविकता से बहुत अलग हैं।

- *आँसू और रोना*: नारी के आँख में आंसू है इसका तात्पर्य यह की हम अभी भी उस नारी को समझ नहीं पाए और उसके अधिकारों को उससे रूबरू नहीं करा पाए महिलाओं को मानसिक रूप से कमजोर उसकी दशा बनाती हैं जिसके कारण वह एक वस्त्र भी स्वयं से धारण नहीं कर पाती हैं , जो उसके दुःख और पीड़ा को दर्शाता है जो उसे अपने जीवन की कठिनाइयों और चुनौतियों के कारण झेलना पड़ता है।

नारी के दुःख का अंतः-

कविता में नारी के दुःख का अंत नहीं है, जो उसके जीवन की एक स्थायी वास्तविकता है। कविता का संदेश यह है कि नारी के दुःख का कभी अंत नहीं है, जब तक समाज में बदलाव नहीं आता और नारी के अधिकारों को सम्मान नहीं मिलता और उन्हें उन्मुक्त पंक्षी की तरह उनके आजादी से हम उन्हें अनुभूत नही कराते हैं तब तक वह एक गुलाम की जिन्दगी जी रही हैं।

यहाँ कविता की कुछ प्रमुख पंक्तियों का विस्तृत अर्थ और व्याख्या है:-

1. "नारी के दुःख का अंत कहां"

अर्थ: नारी के दुःख का अंत कहाँ है?

व्याख्या: यह पंक्ति नारी के दुःख और पीड़ा को दर्शाती है, जो उसके जीवन की एक स्थायी वास्तविकता है। नारी के दुःख का अंत नहीं है, जब तक समाज में बदलाव नहीं आता और नारी के अधिकारों को सम्मान नहीं मिलता।

2. "सुनसान डगर विरान नगर में"

अर्थ: सुनसान और विरान नगर में नारी का जीवन है।

व्याख्या: यह पंक्ति नारी के जीवन की एकरसता और शून्यता को दर्शाती है। नारी का जीवन सुनसान और विरान है, जिसमें कोई खुशी और आनंद नहीं है।

3. "लिए अंक में मन की लाली"

अर्थ: नारी के मन में एक लालिमा है, जो उसके सपनों और आकांक्षाओं को दर्शाती है।

व्याख्या: यह पंक्ति नारी के सपनों और आकांक्षाओं को दर्शाती है, जो उसके जीवन को अर्थ और उद्देश्य देती हैं। नारी के मन में एक लालिमा है, जो उसके सपनों और आकांक्षाओं को दर्शाती है।

4. "तन पे पहनी चिथड़ी साड़ी"

अर्थ: नारी के पास पहनने के लिए चिथड़ी साड़ी है, जो उसकी आर्थिक स्थिति की खराबी को दर्शाती है।

व्याख्या: यह पंक्ति नारी की आर्थिक स्थिति की खराबी को दर्शाती है, जो उसे अपने जीवन की जरूरतों को पूरा करने में असमर्थ बनाती है। नारी के पास पहनने के लिए चिथड़ी साड़ी है, जो उसकी आर्थिक स्थिति की खराबी को दर्शाती है।

5. "सजा रही महलों का ख़्वाब"

अर्थ: नारी महलों का ख़्वाब देखती है, जो उसके सपनों और आकांक्षाओं को दर्शाता है।

व्याख्या: यह पंक्ति नारी के सपनों और आकांक्षाओं को दर्शाती है, जो उसके जीवन को अर्थ और उद्देश्य देती हैं। नारी महलों का ख़्वाब देखती है, जो उसके सपनों और आकांक्षाओं को दर्शाता है।

6. "आँखों में जब तक आँसू हैं नारी को तब तक रोना है"

अर्थ: नारी के आँखों में आँसू हैं और वह रो रही है, जो उसके दुःख और पीड़ा को दर्शाता है।

व्याख्या: यह पंक्ति नारी के दुःख और पीड़ा को दर्शाती है, जो उसे अपने जीवन की कठिनाइयों और चुनौतियों के कारण झेलना पड़ता है। नारी के आँखों में आँसू हैं और वह रो रही है, जो उसके पीड़ा को दर्शाता है।

7. "भूल हुई उस बन्दे से काँटों में फूल पिरोया हैं"

अर्थ: नारी ने एक भूल की है, जिससे उसके जीवन में काँटे और दर्द आया है।

व्याख्या: यह पंक्ति नारी के जीवन में हुई एक भूल को दर्शाती है, जिससे उसके जीवन में समस्याएं और दर्द आया है। नारी ने एक भूल की है, जिससे उसके जीवन में काँटे और दर्द आया है।

8. "आह! उसकी पीड़ा को देखो लिए गोद में बच्चे को"

अर्थ: नारी की पीड़ा को देखो, जो अपने बच्चे को गोद में लिए हुए है।

व्याख्या: यह पंक्ति नारी की पीड़ा और दुःख को दर्शाती है, जो उसे अपने जीवन की कठिनाइयों और चुनौतियों के कारण झेलना पड़ता है। नारी की पीड़ा को देखो, जो अपने

बच्चे को गोद में लिए हुए है।

9. "दुःख में उसका जन्म हुआ नूतन में नव युग जागा हैं"

अर्थ: नारी के दुःख में उसका जन्म हुआ है, और नूतन में नव युग जागा है।

व्याख्या: यह पंक्ति नारी के जीवन की एक नई शुरुआत को दर्शाती है, जो उसके दुःख और पीड़ा के बावजूद हुई है। नारी के जीवन में एक नया युग आया है, जो उसके जीवन को एक नई दिशा देने की संभावना रखता है।

यहाँ कविता के शब्दों के अर्थ और व्याख्या हैं:-

1. नारी - महिला, औरत

अर्थ: नारी का अर्थ है महिला या औरत।

व्याख्या: नारी शब्द का उपयोग महिला या औरत के लिए किया जाता है, जो समाज में एक महत्वपूर्ण भूमिका निभाती है। नारी की भूमिका समाज के निर्माण और परिवार के पालन-पोषण में बहुत महत्वपूर्ण होती है।

2. दुःख - दर्द, पीड़ा

अर्थ: दुःख का अर्थ है दर्द या पीड़ा।

व्याख्या: दुःख शब्द का उपयोग दर्द या पीड़ा के लिए किया जाता है, जो व्यक्ति को शारीरिक या मानसिक रूप से प्रभावित कर सकता है। दुःख का अनुभव व्यक्ति को अपने जीवन में आने वाली चुनौतियों और समस्याओं का सामना करने के लिए मजबूर करता है।

3. सुनसान - एकांत, निर्जन

अर्थ: सुनसान का अर्थ है एकांत या निर्जन।

व्याख्या: सुनसान शब्द का उपयोग एकांत या निर्जन

स्थान के लिए किया जाता है, जहां कोई नहीं होता है। सुनसान स्थान व्यक्ति को अपने विचारों और भावनाओं के साथ अकेला छोड़ देता है।

4. डगर - रास्ता, मार्ग

अर्थ: डगर का अर्थ है रास्ता या मार्ग।

व्याख्या: डगर शब्द का उपयोग रास्ता या मार्ग के लिए किया जाता है, जो व्यक्ति को एक स्थान से दूसरे स्थान तक ले जाता है। डगर शब्द का उपयोग जीवन की यात्रा के लिए भी किया जा सकता है।

5. विरान - उजाड़, निर्जन

अर्थ: विरान का अर्थ है उजाड़ या निर्जन।

व्याख्या: विरान शब्द का उपयोग उजाड़ या निर्जन स्थान के लिए किया जाता है, जो खाली और निर्जीव होता है। विरान स्थान व्यक्ति को उदासी और अकेलापन का अनुभव कराता है।

6. नगर - शहर

अर्थ: नगर का अर्थ है शहर।

व्याख्या: नगर शब्द का उपयोग शहर के लिए किया जाता है, जो एक बड़ा और आबादी वाला क्षेत्र होता है। नगर में व्यक्ति को विभिन्न प्रकार की सुविधाएं और अवसर उपलब्ध होते हैं।

7. मन की लाली - मन की लालिमा, आशा और आकांक्षा

अर्थ: मन की लाली का अर्थ है मन की लालिमा, आशा और आकांक्षा।

व्याख्या: मन की लाली शब्द का उपयोग मन की लालिमा, आशा और आकांक्षा के लिए किया जाता है, जो व्यक्ति को आगे बढ़ने के लिए प्रेरित करती है। मन की लाली

व्यक्ति को अपने लक्ष्यों को प्राप्त करने के लिए प्रेरित करती है।

8. चिथड़ी साड़ी - फटी हुई साड़ी, गरीबी और दरिद्रता का प्रतीक

अर्थ: चिथड़ी साड़ी का अर्थ है फटी हुई साड़ी, जो गरीबी और दरिद्रता का प्रतीक है।

व्याख्या: चिथड़ी साड़ी शब्द का उपयोग गरीबी और दरिद्रता के प्रतीक के रूप में किया जाता है, जो व्यक्ति की आर्थिक स्थिति को दर्शाता है। चिथड़ी साड़ी व्यक्ति की गरीबी और दरिद्रता की स्थिति को दर्शाती है।

9. महलों का ख़्वाब - बड़े और भव्य घरों का सपना

अर्थ: महलों का ख़्वाब का अर्थ है बड़े और भव्य घरों का सपना।

व्याख्या: महलों का ख़्वाब शब्द का उपयोग बड़े और भव्य घरों के सपने के लिए किया जाता है, जो व्यक्ति की आकांक्षाओं और इच्छाओं को दर्शाता है। महलों का ख़्वाब व्यक्ति को अपने लक्ष्यों को प्राप्त करने के लिए प्रेरित करता है।

10. गली-गली - हर जगह, सर्वत्र

अर्थ: गली-गली का अर्थ है हर जगह या सर्वत्र।

व्याख्या: गली-गली शब्द का उपयोग हर जगह या सर्वत्र के लिए किया जाता है, जो किसी चीज़ की व्यापकता को दर्शाता है। गली-गली शब्द का उपयोग व्यक्ति की पहुंच और प्रभाव को दर्शाने के लिए किया जा सकता है।

11. तन मटमैला - शरीर की खराब स्थिति

अर्थ: तन मटमैला का अर्थ है शरीर की खराब स्थिति।

व्याख्या: तन मटमैला शब्द का उपयोग शरीर की खराब

स्थिति के लिए किया जाता है, जो व्यक्ति की शारीरिक स्थिति को दर्शाता है। तन मटमैला शब्द का उपयोग व्यक्ति की अस्वस्थता और बीमारी को दर्शाने के लिए किया जा सकता है।

12. उजला मन - स्वच्छ और पवित्र मन

अर्थ: उजला मन का अर्थ है स्वच्छ और पवित्र मन।

व्याख्या: उजला मन शब्द का उपयोग स्वच्छ और पवित्र मन के लिए किया जाता है, जो व्यक्ति की आंतरिक शुद्धता और पवित्रता को दर्शाता है। उजला मन व्यक्ति को सकारात्मक और ऊर्जावान बनाता है।

13. चांद पर ग्रहण - चंद्रमा पर ग्रहण, दुःख और पीड़ा का प्रतीक

अर्थ: चांद पर ग्रहण का अर्थ है चंद्रमा पर ग्रहण, जो दुःख और पीड़ा का प्रतीक है।

व्याख्या: चांद पर ग्रहण शब्द का उपयोग दुःख और पीड़ा के प्रतीक के रूप में किया जाता है, जो व्यक्ति के जीवन में आने वाली कठिनाइयों और चुनौतियों को दर्शाता है।

14. पुष्प गले के हार - फूलों की माला

अर्थ: पुष्प गले के हार का अर्थ है फूलों की माला।

व्याख्या: पुष्प गले के हार शब्द का उपयोग फूलों की माला के लिए किया जाता है, जो सौंदर्य और आकर्षण का प्रतीक है।

15. प्रीतम - प्रेमी, प्रियतम

अर्थ: प्रीतम का अर्थ है प्रेमी या प्रियतम।

व्याख्या: प्रीतम शब्द का उपयोग प्रेमी या प्रियतम के लिए किया जाता है, जो व्यक्ति के जीवन में प्रेम और स्नेह का प्रतीक है।

16. मोती के दाने - मोती के छोटे टुकड़े

अर्थ: मोती के दाने का अर्थ है मोती के छोटे टुकड़े।

व्याख्या: मोती के दाने शब्द का उपयोग मोती के छोटे टुकड़ों के लिए किया जाता है, जो मूल्यवान और आकर्षक होते हैं।

17. आँसू - आंसू, दुःख और पीड़ा का प्रतीक

अर्थ: आँसू का अर्थ है आंसू, जो दुःख और पीड़ा का प्रतीक है।

व्याख्या: आँसू शब्द का उपयोग दुःख और पीड़ा के प्रतीक के रूप में किया जाता है, जो व्यक्ति के जीवन में आने वाली कठिनाइयों और चुनौतियों को दर्शाता है।

18. भूल - गलती, त्रुटि

अर्थ: भूल का अर्थ है गलती या त्रुटि।

व्याख्या: भूल शब्द का उपयोग गलती या त्रुटि के लिए किया जाता है, जो व्यक्ति के जीवन में आने वाली समस्याओं और चुनौतियों को दर्शाता है।

19. काँटों में फूल - काँटों के बीच फूल, दुःख और पीड़ा के बीच सुख का प्रतीक

अर्थ: काँटों में फूल का अर्थ है काँटों के बीच फूल, जो दुःख और पीड़ा के बीच सुख का प्रतीक है।

व्याख्या: काँटों में फूल शब्द का उपयोग दुःख और पीड़ा के बीच सुख के प्रतीक के रूप में किया जाता है, जो व्यक्ति के जीवन में आने वाली चुनौतियों और अवसरों को दर्शाता है।

13. गहने से आवाज आती

बस कर ए कलयुगी सुत अब तो
मुखाग्नि दे
ढल गया साँझ, खत्म हुआ वपु मेरा
अब तो बख्श दो, क्यो तुम्हे
भूषण से आवाज आती
तनुधारी उर था, जब तुम्हे पुकारती
उस वक्त ये आभरण और माँ को छोड़
तुम्हें तवायफ़ भाती
ओ स्वार्थी सुत अब क्यो ?
आभरण से नाद आती
अश्क फरेब सा बहा रहा
हर जराहत दिये तुम्हारे, झुठे सबको बता रहा
माँ पड़ी चिता पर सोच रही होगी
कैसे निठुर सुतो को जन्म दिया
मेरे हर सपने को एक एक कर हरण किया
अब तुम्हे माँ से ज्यादा गहने भाते
बिन बात ही सही मगर, तुम्हे गहने से नाद आते
यही गहने चाहिए थे तो मुझसे कहता
काट उर , बेच खुद को
मुझसे भी बेशकीमती भूषण लाती
क्या अब भी गहने से आवाज आती
ओ! कलयुगी सुत

तुम्हे मुझसे अधिक तवायफ़ भाँति

" यह कविता एक माँ के दर्द और उसके कलयुगी पुत्र के प्रति उसकी पीड़ा को दर्शाती है। कविता में माँ अपने पुत्र को संबोधित करते हुए कहती है कि अब उसका समय समाप्त हो रहा है और वह उसे मुखाग्नि देने के लिए कहती है परन्तु उसके पुत्रो में माँ के गहने के बटवारे को लेके मरघट पर ही आपसी मतभेद होता हैं जिसे आगे कविता में कवी ने बताया हैं।

कविता की मुख्य बातें:

- माँ अपने पुत्र को कलयुगी सुत कहकर संबोधित करती है, जो उसके पुत्र के स्वार्थी और निष्ठुर होने को दर्शाता है।

- माँ कहती है कि अब उसका शरीर समाप्त हो रहा है और वह अपने पुत्र को मुखाग्नि देने के लिए कहती है। ("बस कर ए कलयुगी सुत अब तो मुखाग्नि दे ढल गया साँझ")

- माँ आरोप लगाती है कि उसका पुत्र गहनों और तवायफों में रुचि रखता है, जबकि वह उसकी पुकार सुनने को तैयार नहीं है। ("क्यो तुम्हे भूषण से आवाज आती तनुधारी उर था")

- माँ कहती है कि उसका पुत्र माँ को छोड़कर तवायफों में रुचि रखता है, जो उसके स्वार्थी होने का प्रमाण है। ("माँ को छोड़ तुम्हें तवायफ़ भाती ओ स्वार्थी सुत अब क्यो")

कविता के महत्वपूर्ण उद्धरण:

- "बस कर ए कलयुगी सुत अब तो मुखाग्नि दे ढल गया साँझ" - इस पंक्ति में माँ अपने पुत्र को कलयुगी सुत कहकर संबोधित करती है और उसे मुखाग्नि देने के लिए कहती है परन्तु उनके आपसी मतभेद माँ को अंदर से तोडकर रख देता हैं जिसे माँ स्वर्ग की चौखट से देखते हुए कहती हैं, हे ! सुत कुछ तो मेरी कोख का लाज रखो और मुझे मुखाग्नि देके विदा करो।

- "क्यो तुम्हे भूषण से आवाज आती तनुधारी उर था" - इस पंक्ति में माँ आरोप लगाती है कि उसका पुत्र गहनों की लालच और तवायफ में रुचि रखता है, जबकि उसका हृदय उसके लिए धड़कता था।

- "माँ पड़ी चिता पर सोच रही होगी कैसे निठुर सुतो को जन्म दिया" - इस पंक्ति में माँ सोचती है कि उसने कैसे निष्ठुर पुत्रों को जन्म दिया, जो उसके सपनों को एक-एक कर उसके अंतिम छण में हरण कर रहे हैं।

कविता का संदेश:

कविता का मुख्य संदेश यह है कि माँ और पुत्र के रिश्ते में स्वार्थ और निष्ठुरता नहीं होनी चाहिए। माँ अपने पुत्र के लिए अपना सब कुछ न्योछावर करने को तैयार रहती है, लेकिन पुत्र को भी अपनी माँ के प्रति अपनी जिम्मेदारी

और प्रेम को समझना चाहिए।

www.ingramcontent.com/pod-product-compliance
Lightning Source LLC
Chambersburg PA
CBHW021555150726
47990CB00006B/2557